Finding trust

Im Bann der Leidenschaft

Mia B. Meyers
c/o Papyrus Autoren-Club
Pettenhofer Str. 16-18
10247 Berlin

E-Mail: mia.b.meyers@gmx.de
Facebook Autorenseite: Mia B. Meyers

Covergestaltung: Casandra Krammer
Covermotiv: Shutterstock.com
Korrektorat: sks-heinen.de

Dieser Roman wurde unter Berücksichtigung der neuen deutschen Rechtschreibung korrigiert.

ISBN-13: 978-1533069375
ISBN-10: 1533069379

Finding

trust

Im Bann der Leidenschaft

Mia B. Meyers

Erstauflage Mai 2016

Für meine Leser,

ohne die ich nie den Mut hätte weiterzumachen.

VORWORT

Liebe Leserin, lieber Leser,

um einer eventuellen Enttäuschung vorzubeugen, möchte ich dich an dieser Stelle vorwarnen.
Vermutlich wird meine männliche Hauptfigur sich stellenweise sehr speziell ausdrücken. Er liebt klare Worte, zu denen auch der ein oder andere Kraftausdruck gehört.
Und ja, er ist so, obwohl er Anfang dreißig und Mitinhaber einer großen Firma ist. Er ist eine fiktionale Figur und darf es somit. Darüber hinaus, wer weiß schon, wie die oberen Zehntausend wirklich miteinander reden?!

Sollte schon dieses Vorwort nicht deinem Geschmack entsprechen, wird es leider auch der Rest nicht tun. Das würde ich zwar sehr bedauern, aber Geschmäcker sind nun einmal verschieden.
In diesem Fall muss ich mich an dieser Stelle leider von dir verabschieden. Ansonsten wünsche ich dir ganz viel Spaß beim Lesen und hoffe sehr, dass es dir gefallen wird.

Deine Mia

PROLOG

Eva

Fast drei Jahre zuvor

Heute treffe ich mich mit meiner besten Freundin Isa und ihrer großen Liebe Aiden, um ihn näher kennenzulernen. Die beiden haben sich auf einer Hoteleröffnung kennengelernt, auf die ich Isa vor ein paar Wochen mitgeschleppt habe und bei der seine Firma seinerzeit Hauptinvestor war. Da ich als Journalistin anwesend war, ist mir Aiden und die Firma Stone & Benett Investment, die er zusammen mit seinem Bruder Liam führt, natürlich ein Begriff, doch von wirklichem Kennen kann noch keine Rede sein.

An der Bar im Cold Coast angekommen, frage ich mich kurz, ob meine knappen Jeansshorts, die Riemchensandalen und das einfache schwarze Top für diese Art von Bar angemessen sind. Da es jetzt aber ohnehin zu spät ist, verwerfe ich den Gedanken wieder.

Noch im Eingang stehend, lasse ich meinen Blick über die Gesichter der anderen Gäste wandern und schnappe ein paar der Blicke auf. Verlegen zupfe ich am Bund meiner vielleicht doch zu kurzen Shorts. Bravo Eva.

Endlich sehe ich Isa und Aiden, die gerade dabei sind, sich hinzusetzen, und gehe zu ihnen.

Während Isa mich zur Begrüßung in den Arm nimmt, flüstert sie mir zu, dass sich wieder einmal alle Männer nach mir umdrehen würden. Ja genau, weil sie meinen Aufzug so unmöglich finden. Isa meint hingegen, ich wäre mit meinen langen Beinen und den blonden Locken ein Männertyp. Komisch nur, dass ich dann keinen habe.

Sie stellt Aiden und mich einander vor und teilt mir mit, dass auch sein Bruder Liam noch zu uns stoßen wird. Nachdem wir uns etwas zu trinken bestellt haben, entschuldige ich mich auf die Toilette, um mich frisch zu machen.

Als ich den Gastraum der Bar wieder betrete, sehe ich Andrew, den Mann einer Arbeitskollegin, an der Bar stehen und gehe kurz zu ihm, um »Hallo« zu sagen. Im Verlauf unserer Unterhaltung blicke ich flüchtig zu dem Tisch, an dem Isa und Aiden sitzen, und blinzle ungläubig. WOW …

Ein Blick reicht aus, um den Mann, der dort bei ihnen am Tisch sitzt, als Liam Benett zu identifizieren. Ich kenne ihn von den Fotos, die ich bei meiner Recherche über die Firma im Internet gesehen habe, und doch werden ihm diese nicht im Geringsten gerecht.

Seine Größe kann ich nur erahnen, doch ich schätze ihn auf mindestens eins fünfundachtzig. Die Ärmel seines weißen Hemdes hat er akkurat hochgekrempelt, was mir einen Blick auf seine definierten, leicht gebräunten Unterarme ermöglicht. Je nachdem wie er sich auf dem Stuhl bewegt, spannt sich das Hemd um seine Oberarme und das breite Kreuz.

Da er seitlich zu mir sitzt, kann ich sein Gesicht mit dem kantigen Kiefer und der geraden Nase nur im Profil erkennen. Seine vollen Lippen sind zu einem atemberaubenden Lachen verzogen und seine blonden, leicht verstrubbelten Haare trägt er am Oberkopf etwas länger als an den Seiten.

»Oder was meinst du?«

Völlig in diesen Anblick versunken, schüttle ich meinen Kopf, um mich zu sammeln, und wende mich wieder Andrew zu. Was hat er gesagt?

»Äh, ja richtig.« Andrew nickt zufrieden, demnach ist meine Antwort wohl ausreichend. Noch einmal sehe ich zu Liam herüber, treffe auf seinen Blick und bin restlos fasziniert. Für einen Moment nehme ich nur noch ihn und diese unglaublichen eisblauen Augen wahr, die geradezu in seinem Gesicht zu strahlen scheinen.

Mit wild klopfendem Herzen verabschiede ich mich von Andrew und gehe mit meinem hoffentlich schönsten Lächeln auf den Tisch zu, an dem Liam mit Isa und Aiden sitzt. Zwanghaft überlege ich, was ich als Erstes sagen könnte, als er von seinem Stuhl aufspringt und mir zuvorkommt.

»Endlich mal eine, die weiß, wie es läuft. Wollen wir gleich los, oder muss ich dir vorher noch einen ausgeben?«

Erschrocken erstarre ich mitten in der Bewegung, zucke zurück und frage mich, ob das ein Witz sein soll. Stirnrunzelnd sehe ich zuerst Isa an, die mit rotem Gesicht neben Liam steht, und dann zu Aiden, der sich offenbar köstlich amüsiert und sich dabei hinter der Speisekarte versteckt. Was sind das denn für

Idioten? Wieder Liam zugewandt, der, wie es scheint, auf eine Antwort wartet, rutscht mir das fassungslose »Wie bitte?« eher ungewollt heraus.

Bevor er für eine Erwiderung Luft holen kann, springt Isa zwischen uns und stellt uns einander vor. Offensichtlich hatte Liam bis eben gerade keine Ahnung, dass ich Eva bin, doch anstatt sich förmlich zu entschuldigen, sieht er schockiert zu Aiden, der inzwischen hinter seiner Karte hervorgekrochen ist.

»Das ist Eva? Bedeutet das jetzt, ich muss mir 'ne andere zum Furchedurchackern suchen?«

Ich spüre förmlich, wie mir alles aus dem Gesicht fällt. Wie in diesen Cartoons, in denen den Figuren scherbenweise das Gesicht auseinanderfällt.

»Isa. Das ist jetzt nicht dein Ernst, oder?« Fassungslos, dass sie mir so ein Chauvi-Arschloch überhaupt vorstellen will, warte ich auf ihre Antwort, die nicht kommt. Stattdessen antwortet dieses Etwas von Liam.

»Reg dich ab, für einen guten Tittenfick sind Titt und Tott hier ohnehin zu klein.«

Mit Schnappatmung im Anfangsstadium nehme ich meine Handtasche von der Bank und halte sie mir schützend vor meine Brüste. Länger als angemessen klebt der Widerling mit seinen Augen daran, was mir eine unangenehme Gänsehaut über den Rücken jagt.

»Eva, bitte bleib hier. Liam hat nur einen blöden Spaß gemacht. Bitte.«

Da Aiden auf Liam einredet und mich ebenfalls bittet zu bleiben, setze ich mich schlussendlich – wenn auch missmutig – zu ihnen an den Tisch. Doch Liam braucht keine halbe Stunde, um mich genau das bereuen zu lassen. Wo haben sie *den* denn bitte rausgelassen?

Das Schlimmste ist, dass Isa seine dümmlichen Kommentare auch noch witzig zu finden scheint. Er bewertet die Frauen – Verzeihung: Schlunzen – in der Bar wie ein Auktionator bei der Pferdeauktion und wir, oder besser gesagt ich, bin genötigt, mir anzuhören, welche von ihnen seines Bestrafers würdig wäre. Was für ein armseliges, frauenverachtendes Würstchen.

Angewidert versuche ich, das, was er sagt, auszublenden, auch wenn ich leider zugeben muss, dass seine tiefe und irgendwie sinnliche Stimme mir durch und durch geht. Sowohl diese als auch sein Äußeres sind zum Niederknien. Wenn ich bedenke, wie sehr allein sein Anblick meinen Puls vorhin in die Höhe gejagt hat und wie sehr sein erster Satz mich dann auf den Boden der Realität hat aufschlagen lassen. Nein, selbst der schönste Mann verliert alles an Attraktivität, wenn er den Charakter einer Klowand hat.

Als wir endlich aufbrechen und uns vor der Bar verabschieden, atme ich erleichtert aus und sehe desinteressiert auf Liams Hand hinab, die er mir entgegenstreckt.

»Auf Wiedersehen, Eva. Es hat mich gefreut.«

Mit nach oben gezogenen Augenbrauen ignoriere ich seine Hand bewusst, die er augenblicklich zurückzieht und beide Hände in die Hosentaschen schiebt.

»Ich hoffe doch sehr, dass es ein Wiedersehen nicht geben wird.«

Lachend wirft er seinen Kopf in den Nacken und entblößt eine Reihe strahlendweißer Zähne, bevor er sich zu mir herunterbeugt. »Wenn du willst, helfe ich dir, deine Prüderie loszuwerden. Eigentlich sind Gnadenficks nicht mein Ding, aber da du Isas Freundin bist, würde ich eine Ausnahme machen. Augen zu und durch sozusagen.«

KAPITEL 1

Eva

Heute

Langsam lasse ich meinen Wagen auf dem Parkplatz des Dolce in die letzte auffindbare Lücke rollen. Ein letztes Mal sehe ich kritisch in den Rückspiegel, umfahre mit dem Ringfinger meine Lippen, um überschüssigen Lippenstift zu entfernen, und es kann losgehen.

Ich habe ein Date. Jetzt. Und zwar das erste seit fast einem Jahr. Nicht, dass ich gar keine Anfragen bekommen würde, es ist nur so, dass es ja doch nie zu etwas führt. Früher hatte ich öfter mal ein Date, aber der sprichwörtliche Funke ist nie übergesprungen und einfach nur quer durch irgendwelche Betten zu hüpfen, überlasse ich lieber anderen. Irgendwann dachte ich mir, dass ich vielleicht nicht mehr danach suchen sollte und der Richtige schon von ganz alleine kommen würde, aber bisher hat er mich wohl noch nicht gefunden.

Als mich dann Daniel, der Bruder einer ehemaligen Arbeitskollegin um ein Date bat, habe ich spontan zugesagt. Er scheint recht nett zu sein, auch wenn ich bei unseren bisherigen Begegnungen nie das Bedürfnis hatte, ihn unbedingt wiedersehen zu wollen. Vielleicht ist das auch der Grund, warum meine Erwartungen an diesen Abend eher dürftig sind, aber jetzt bin ich schon einmal hier.

So schnell es meine acht Zentimeter hohen Absätze zulassen, laufe ich zum Eingang des Restaurants und schlüpfe durch die gerade zufallende Tür ins warme Innere. Es ist Ende Februar und ganz sicher nicht die richtige Jahreszeit, um im Etuikleid und Pumps herumzulaufen. Aber wie gesagt, es ist mein erstes Date seit langer Zeit und niemand kann mir nachsagen, ich hätte nicht mein Möglichstes versucht.

Nur Sekunden später kommt einer der Kellner, um mir die Jacke abzunehmen und mich durch das gut besuchte Restaurant zu meinem Tisch zu begleiten. Ich kann Daniel, der schon am Tisch sitzt und auf mich wartet, bereits sehen, als mir durch die Geräuschkulisse aus Stimmen, klapperndem Geschirr und leiser Hintergrundmusik ein nur allzu vertrautes, tiefes Lachen eine Gänsehaut über die Arme laufen lässt. Sofort suche ich mit meinem Blick den Raum ab und werde sogleich fündig.

Liam …

Als würde er meinen Blick auf sich spüren, sieht er zeitgleich in meine Richtung und fixiert mich mit seinen unverwechselbaren Augen.

Ohne dass es mir bewusst ist, bleibe ich stehen und starre aus zusammengekniffenen Augen zurück. Das wagt er jetzt nicht? Warum habe ich ihm auch von diesem Date erzählt?

Aus dem Augenwinkel sehe ich den Kellner, der einige Meter vor mir stehen geblieben ist. Eiligen Schrittes laufe ich ihm hinterher und komme mit ihm zusammen bei Daniel an, der sofort aufsteht und mich mit einem Küsschen rechts und links auf die Wangen begrüßt. Unterdessen huscht mein Blick immer wieder zu Liam, der mich seit seiner Entdeckung nicht mehr aus den Augen gelassen hat. Seine Begleiterin scheint weiterhin wie ein Wasserfall auf ihn einzureden und gar nicht zu bemerken, dass er nicht mehr ganz bei ihr ist.

Sowohl Daniel als auch ich bestellen uns vorerst nur einen Rotwein und werden vom Kellner allein gelassen. Wir sitzen noch nicht richtig, als Daniel schon beginnt, mir alles von seinem Job zu berichten. Ich versuche wirklich, interessiert zu sein, und doch kann ich mich nicht dagegen wehren, dass mein Blick und noch schlimmer meine Gedanken wieder zu Liam abdriften.

Noch nie habe ich ihn zusammen mit einer anderen Frau gesehen, oder besser gesagt mit seiner Beute. Zu meiner eigenen Schande muss ich gestehen, dass ich den daraus resultierenden Stich in der Nähe meines Herzens nicht restlos ignorieren kann. Natürlich könnte ich ihr sagen, dass sie nur eine von vielen ist und dass er sie fallen lassen wird, sobald er das sexuelle Interesse an ihr verliert. Aber so wie sie aussieht, ist ihr das absolut bewusst und ebenso egal. Vermutlich wird er es ihr sogar selbst gesagt haben, denn wenn Liam eines ist, dann ehrlich, und wenn die eine nicht will, sucht er sich eben eine andere. Warum das so ist, habe ich bis heute nicht herausfinden können.

Ja, Liam kann der widerlichste Mistkerl sein und doch gibt es da auch noch eine andere Seite, die ich in den letzten Jahren kennengelernt habe. Leider eine Seite, die er nach außen hin viel zu selten zeigt. Trotzdem ist er, gerade weil er ist, wie er ist, zu einem meiner engsten Freunde geworden. So verrückt sich das auch anhören mag.

Bei der Erinnerung an unser Kennenlernen muss ich lächeln, was Daniel auf sich bezieht und sich angespornt fühlt, mir auch noch etwas von seiner Mutter zu erzählen.

Man kann wohl ohne Übertreibung sagen, dass das erste Aufeinandertreffen von Liam und mir die reinste Katastrophe war. Dennoch sind wir durch Isa und Aiden immer wieder in Kontakt gekommen und als die beiden sich dann trennten, sind wir in Verbindung geblieben. Als Isa und Aiden sich wieder versöhnten, hatten wir uns schon so aneinander gewöhnt, dass es irgendwie dabei geblieben ist.

Noch einmal hebe ich meinen Blick und sehe zu Liam hinüber. Sieht er irgendwie ärgerlich aus?

Mich von diesem Gedanken losreißend, konzentriere ich mich wieder auf Daniel, der gerade sein Selbstgespräch über die Qualitäten seiner Mutter beendet.

»Was ist mit dir, Eva, du sagst ja gar nichts.«

Ich will gerade Luft holen, um etwas zu erwidern, als er auch schon weiterschwafelt. Jetzt von seiner Exfreundin, die ihn leider, leider wegen eines anderen verlassen hat. Wie ein Fisch auf dem Trockenen klappe ich meinen Mund wieder zu, lehne mich bereits leicht genervt gegen die Stuhllehne in meinem Rücken und nippe an dem zweiten Wein, der uns soeben gebracht wurde.

Ist es inzwischen vielleicht üblich, dass man seinem Date mit Tränen in den Augen von verflossenen Beziehungen erzählt? Wieder wandert mein Blick in Liams Richtung, der mich wissend angrinst. Vermutlich kann er mir meine Begeisterung ansehen.

»Wir wollten sogar Kinder und jetzt …«, schluchzt er vor mir auf. Erschrocken blicke ich Daniel an, der wieder mehr mit sich selbst, als mit mir zu reden scheint, und das anfängliche Aquaplaning in seinen Augen wächst in diesem Moment zu einer heftigen Überschwemmung an. Mir bleibt aber auch rein gar nichts erspart.

Peinlich berührt nehme ich die Blicke der älteren Damen vom Nachbartisch wahr, die mich kopfschüttelnd ansehen und wohl denken, dass ich den armen Kerl zum Heulen bringe. Da seine Serviette inzwischen unbrauchbar ist, reiche ich ihm meine, in die er mit gefühlten hundertdreißig Dezibel reinschnäuzt. Wobei reinrotzen die Sache wohl eher beschreiben würde.

»Entschuldige mich bitte.« Eilig durchquere ich das Restaurant in Richtung der Toiletten, wohlwissend, dass Liam vermutlich jeden Augenblick dieser überaus peinlichen Vorstellung genossen hat.

Mit den Händen auf dem Waschtisch abgestützt, sehe ich das Spiegelbild vor mir an und lasse lachend meinen Kopf hängen. Dieses Date ist so grottenschlecht, dass es schon fast wieder witzig ist. Wie kann ich es nur anstellen, unter einem Vorwand von hier zu verschwinden?

Nicht dass ich viel Ahnung habe, aber dass dies mit ihm und mir nichts wird, ist selbst mir zwischenzeitlich klar geworden.

Seufzend trete ich in den Empfangsbereich des Restaurants hinaus und will zum Tisch zurückgehen, als ich Liam an der mir gegenüberliegenden Wand lehnen sehe.

Völlig in sein Handy versunken, steht er in einem perfekt sitzenden schwarzen Anzug da und einmal mehr stelle ich fest, wie verboten gut er aussieht. In den letzten Jahren haben sich kleine Lachfältchen um seine Augen gebildet und eine Narbe, die ich verschuldet habe, unterbricht seine rechte Augenbraue.

Wir hatten eine unserer unzähligen Auseinandersetzungen und ich habe ihn aus meiner Wohnung geworfen. Statt jedoch zu gehen, wollte er mir erneut in die Wohnung folgen und hat die Tür, die ich zeitgleich zuwerfen wollte, zu spät gesehen. Mein schlechtes Gewissen hat mich wochenlang gequält und Liam hat lange nicht einmal daran gedacht, mich davon zu erlösen. Ganz im Gegenteil.

Noch während ich auf ihn zugehe, oder eher stampfe, spreche ich ihn an: »Was zum Teufel machst du hier?«

Sofort hebt er seinen Kopf, stößt sich von der Wand ab und lässt seinen Blick einmal an meinem Körper herunter und wieder herauf wandern.

»Es freut mich auch, dich zu sehen, Eva. Ich gehe mit einer Bekannten etwas trinken. Ist das verboten?«

»Und da musst du mit deinem nächsten Opfer ausgerechnet hier etwas trinken gehen? Nachdem ich dir gesagt habe, dass ich hier ein Date habe?«

»Ach, das soll ein Date darstellen?« Liam unterbricht seinen Satz und grüßt jemanden, der an uns vorbei in das Restaurant geht. »Du siehst aus, als ob du jeden Moment einschläfst.«

»Ich amüsiere mich ganz ausgezeichnet.« Ärgerlich recke ich mein Kinn in die Luft und verschränke die Arme vor der Brust, was Liam auflachen lässt.

»Das ist doch nicht dein Ernst, oder?« Etwas leiser fährt er fort. »Der Typ sieht aus wie ein Furz des Schicksals. Sogar die Weiber vom Nachbartisch geben ihm schon ihre Servietten, weil er nicht aufhört zu flennen. Was bringt ihn denn so zum Heulen, deine Gesellschaft?«

Mit offen stehendem Mund und weit aufgerissenen Augen sehe ich ihn an und überlege, was ich darauf noch erwidern soll. Trotzig entscheide ich mich dann aber doch dafür, mich einfach umzudrehen und zu Daniel zurückkehren. Bis Liam mich an der Hand zurückhält.

»Wenn du willst, rufe ich dich in zehn Minuten an und du kannst so tun, als müsstest du dringend weg.«

»Du spinnst doch.« Kopfschüttelnd entziehe ich ihm meine Hand und wende mich erneut zum Gehen, sehe aber doch noch einmal über die Schulter zu ihm. »In fünf Minuten!«

Wieder bei Daniel bezahlt dieser gerade unseren Wein und entschuldigt sich mit rot verquollenen Augen für seinen sentimentalen Ausbruch. Er erklärt mir, dass er wohl noch nicht reif für eine neue Beziehung ist. *Ach was?* Dass wir aber Freunde sein können, und verabschiedet sich damit von mir. Jedoch nicht, ohne noch ein letztes, theatralisches Schluchzen von sich zu geben, was die Damen am Nebentisch mit einem mitleidigen »Oh« belohnen.

Meine Anziehungskraft muss ja wirklich gigantisch sein.

Seufzend lasse ich mich auf meinem Stuhl nieder und greife nach dem Weinglas, um dessen Inhalt in mich zu schütten, als mich mein klingelndes Telefon davon abhält. Natürlich ist es Liam, doch anstatt das Gespräch entgegenzunehmen, stelle ich den Ton leise und blicke auf das Foto von ihm, welches auf dem Display weiterleuchtet.

»Willst du nicht rangehen?« Liams Lippen sind direkt an meinem Ohr und seine tiefe Stimme jagt mir ungewollt eine Gänsehaut über den Rücken. Während ich versuche, dieses merkwürdige Gefühl zu verdrängen, setzt er sich auf den Stuhl mir gegenüber.

»Und was machen wir zwei Hübschen jetzt mit dem angebrochenen Abend?«

Wir? Ich blicke in die Richtung des Tisches, an dem Liams Verabredung sitzen müsste, doch er ist leer. Offensichtlich hatte auch er keine Lust mehr auf sein Date. Wie er sie allerdings losgeworden ist, will ich lieber gar nicht erst wissen. Im selben Moment kommt der Kellner und fragt uns, ob wir noch etwas trinken wollen, was Liam sofort bejaht und sich einen Kaffee und für mich einen weiteren Wein bestellt.

Schweigend drehe ich den Stiel des Weinglases in meinen Fingern und frage mich, warum es bei mir und den Männern nicht klappt. Zwar wollte auch ich das Date vorzeitig beenden und meine Erwartungen waren nicht allzu hoch, jetzt aber sitzen gelassen zu werden, fühlt sich trotzdem komisch an. Hat Liam vielleicht recht und meine Gegenwart ist wirklich so schwer zu ertragen?

»Hey.« Seine Hand, die sich auf meine geschoben hat, lässt mich zu ihm aufsehen. »Er hat keine Ahnung, was ihm entgeht. Ich hingegen muss zugeben, dass ich mich freue, dass er gegangen ist und ich stattdessen den Abend mit dir verbringen darf.«

Wenn Liam so etwas sagt, dann ist es auch ernst gemeint, was mich lächeln lässt.

»Danke.«

»Und jetzt sag mir lieber, ob du wirklich mit dem Typen ins Bett gegangen wärst? Solche wie der stecken sich sogar ihre Hemden in den Schlüpper.«

Warum überrascht mich das jetzt nicht? Kaum hat er einmal etwas Nettes gesagt, macht er im nächsten Zuge alles wieder kaputt.

»Liam, ich weiß, du wirst es dir nicht vorstellen können, aber man muss nicht gleich mit jedem ins Bett steigen, nur weil man eine Verabredung hat.«

Höhnisch hebt er eine Augenbraue.

»Sagt die mit den Spinnenweben vorm Loch. Und warum macht man sich bitte sonst die Mühe, wenn nicht, um hinterher zu vögeln?«

Seine Worte noch nicht ganz ausgesprochen merke ich die Ader in meinem Hals pochen. Niemand außer Liam kann mich so schnell zur Weißglut bringen, auch wenn ich inzwischen weiß, dass er vieles, was er sagt, nicht persönlich meint.

»Du hast doch heute auch nicht mit deiner Verabredung gevö...«, werde ich lauter, unterbreche mich aber, als ich es bemerke, und sehe mich um, ob mich jemand gehört hat. Die

Damen vom Nachbartisch sind jedoch zu sehr in ihr eigenes Gespräch vertieft, um etwas anderes wahrzunehmen, und somit beende ich meinen Satz. »Geschlafen.«

»Den Bumsklumpen hatte ich schon, wie ein Brett im Bett. Da ist mir nichts entgangen.«

»Oh bitte …«, angewidert verziehe ich das Gesicht und halte meine Hände hoch, um ihm zu zeigen, dass ich davon nichts hören will.

»Spaß beiseite, der Lappen hat doch keine Ahnung davon, was eine Frau wie du braucht.«

Überheblich lächele ich ihn an.

»Ach, du aber schon, oder was?« Oh nein, sein typisches »Jetzt kommt ein blöder Spruch«-Grinsen erscheint auf seinem Gesicht.

»Wenn du willst, zeig ich es dir.« Dabei deutet er mit dem Kopf in Richtung des Empfangs, was mich kopfschüttelnd auflachen lässt und wieder einmal rettet er mir den Abend.

Fast zwei Stunden später kommt Liams Auto vor meinem Wohnblock zum Stehen. Zwar fühle ich mich auch nach dem Wein noch fahrtauglich, doch er hat darauf bestanden, mich zu fahren. Wie so oft steigt er zuerst aus, umrundet den Wagen und hält mir die Tür auf. Auf dem Weg zur Haustür krame ich bereits in den Tiefen meiner Handtasche und suche nach dem Wohnungsschlüssel.

Ihn endlich gefunden, drücke ich die Haustür auf und bedanke mich bei Liam für den Abend und dafür, dass er mich nach Hause gebracht hat.

Er will sich gerade zum Gehen abwenden, als er sich noch einmal in meine Richtung dreht.

»Ach und, Eva. Irgendwann kommt dein Traumprinz in glänzender Rüstung bestimmt. Ich hoffe nur, er kommt auf einem Faultier, damit er nicht so schnell hier ist, um dich mir wegzunehmen.«

KAPITEL 2

Liam

Oh verdammt, das macht sie wirklich gut. Wir waren noch nicht ganz in ihrer Wohnung, da hat mir das geile Luder schon Gürtel und Hose geöffnet und ist vor mir auf die Knie gegangen. So habe ich es am liebsten, nicht lange drumrumreden, sondern gleich zur Sache kommen.

Hat die eigentlich keinen Würgereflex?

Um nicht weiter zusehen zu müssen, wie ihre rot beschmierten Lippen meinen ganzen Schwanz vollsauen, kneife ich die Augen zusammen, lege den Kopf in den Nacken und warte auf das erlösende Gefühl, das mich für wenige Sekunden vergessen lässt.

Der kalte Luftzug an meinem feuchten Schwanz lässt mich nach unten sehen, wo sie gerade Anstalten macht, aufzustehen. Nix da, jetzt wird das hier erst mal zu Ende gebracht.

Mit einer Hand an meinem Schwanz und einer an ihrem Hinterkopf zeige ich ihr deutlich, was ich will, was sie dümmlich grinsend hinnimmt und ihn weiter bearbeitet. Die Show, die sie jetzt dabei veranstaltet, dauert mir dann aber doch zu lange. Wo sind wir denn hier, bei den Dreharbeiten zu einem drittklassigen Porno?

Ungeduldig halte ich ihren Kopf fest und ramme mich mehrfach tief in ihren Mund, was sie nun doch zum Röcheln bringt. Mehrere Tränen lösen sich aus ihren Augenwinkeln, trotzdem schluckt sie gurgelnd jeden einzelnen Tropfen, den ich ihr gebe.

Nett wie ich bin, reiche ich ihr – nachdem ich Boxershorts und Hose hochgezogen habe – meine Hand, um ihr aufzuhelfen, und lasse mich gleich darauf in Richtung Schlafzimmer ziehen, als mein Handy piept. Ich bleibe stehen, ziehe es aus meiner Jackentasche und lese die Nachricht, die mich, obwohl sie so einfach ist, augenblicklich grinsen lässt.

Ich komme vor dem Essen bei dir vorbei.

Heute ist Sonntag und damit das traditionelle wöchentliche Abendessen bei meinen Eltern, Matt und Ella. Wir haben diese Tradition eingeführt, seit Aidan, der eigentlich nicht wirklich mein Bruder ist, endgültig zu unserer Familie gehört. Aber das ist dann eine andere Geschichte.

Zuerst nur wir vier, ist unsere kleine Runde in den letzten Jahren stetig gewachsen. Zuerst kam Isa, inzwischen Aidens Ehefrau dazu, dann ihre beiden Kinder Emily und Ethan und auch Eva ist – so wie heute – inzwischen regelmäßig dabei.

Unmittelbar entziehe ich Maddison, oder heißt sie doch Addison, meinen Arm, stecke mein Handy ein und schließe meine noch immer offen stehende Hose.

»Ich muss los.«

Entgeistert sieht Maddison/Addison mich an.

»Wie bitte, spinnst du? Ich blase dir einen und dann haust du ab?«

Oh bitte …

»Selbst schuld, was nimmst du auch alles in den Mund.« Damit drehe ich mich um und verschwinde unter ihren wütenden Schimpftiraden aus ihrer Wohnung.

***

Noch bevor Eva klingelt, öffne ich ihr die Haustür, was sie in meinen Hausflur marschieren lässt, als würde das alles hier ihr gehören.

Wie immer schlüpft sie im Gehen aus ihren Schuhen und lässt diese genau dort liegen, wo sie von ihren Füßen abfallen. Ihren Weg ins Wohnzimmer setzt sie unbeirrt fort und lässt sich – auch wie immer – längs auf mein Sofa fallen.

»Kaffee! Ich brauche Kaffee.«

»Dir auch ein fröhliches ›Hallo‹, Eva.«

Lachend gehe ich in die Küche und stelle zwei Tassen unter den Kaffeevollautomaten. So ist es jeden Sonntag, besser gesagt jeden Sonntag, an dem Eva auch zu meinen Eltern mitkommt. Vorher kommt sie bei mir vorbei und trinkt einen Kaffee, um wach zu werden, weil sie den ganzen Sonntag gammelnd auf ihrem Sofa verbracht hat.

Mit einer Tasse heißen Kaffee in jeder Hand gehe ich durch den Flur und komme ins Straucheln, weil ich über etwas am Boden Liegendes stolpere. Die Tassen weit von meinem Körper weghaltend, versuche ich, mich auszubalancieren, was mir glücklicherweise auch gelingt.

»EVAAA!«

»Tut mir leid«, kommt es aus dem Wohnzimmer. Ärgerlich schieße ich ihre beiden Treter an die gegenüberliegende Wand, wobei ich natürlich in eine Kaffeepfütze trete, die mir beim Gleichgewichthalten hinausgeschwappt sein muss.

Hörbar durch die Nase schnaubend, gehe ich ins Wohnzimmer und knalle ihre Tasse stärker als beabsichtigt auf den Couchtisch, sodass noch mehr des Kaffees überschwappt.

»Meinst du, du wirst es irgendwann lernen, deine beschissenen Schuhe selbst an die Seite zu räumen?«

Ich könnte schwören, meine Lippen haben sich bewegt, aber sie nimmt wortlos ihre Tasse, lehnt sich etwas zur Seite und starrt an mir vorbei auf den Fußboden, als hätte ich überhaupt nichts gesagt.

»Hast du das mit deinen Schweißfüßen mal behandeln lassen?«

WAS? Ihrem Blick folgend, sehe ich die nassen Fußspuren, die ich hinterlassen habe. Wohlgemerkt Kaffeefußspuren.

Mit einer Mischung aus Ärger und Ungläubigkeit sehe ich sie wieder an, woraufhin sie mir über den Rand der Kaffeetasse ein zuckersüßes Lächeln schenkt und übertrieben mit ihren Wimpern klimpert.

Diese Frau macht mich noch mal wahnsinnig und so stampfe ich aus dem Wohnzimmer nach oben in mein Ankleidezimmer, um mir neue Socken anzuziehen.

Als ich wieder zurück bin, steht sie an meinem Esszimmertisch, der zur rechten in meinem Wohnzimmer steht, und studiert einige Unterlagen.

Einen Moment lang bleibe ich stehen und sehe ihr dabei zu, wie die Finger ihrer freien Hand in ihren Haaren drehen. Diese Angewohnheit zeigt sie oft. Jedes Mal, wenn sie etwas liest, über etwas nachdenkt oder wenn sie peinlich berührt ist, spielt sie mit ihrem welligen, blonden Haaren, die ihr fast bis zu ihrem wohlgeformten Hintern reichen. Überhaupt ist Eva ein Hammergerät, was ich ihr natürlich niemals sagen werde. Sie ist schlank, aber nicht dürr, mit Rundungen an genau den richtigen Stellen. Auf ihrer Nase hat sie blasse Sommersprossen, dazu diese geschwungenen Lippen und immer fragende grünblaue Augen. Vielleicht ist das noch die Journalistin in ihr.

Aber am meisten mag ich, dass ich bei ihr sein kann, wer und wie ich bin. Genauer gesagt der, zu dem ich geworden bin.

Auch wenn sie oftmals genervt von mir ist, weiß sie, dass ich es im Grunde nicht böse meine. Außerdem ist Eva mir ebenbürtig und ganz bestimmt vieles, aber nicht auf den Mund gefallen.

Rückblickend betrachtet, sollte sie mir überhaupt nicht so nah kommen. Niemand weiß so sehr wie ich, dass ich das Gefühl, das sie in mir auslöst, nicht verdient habe und trotzdem brauche ich es manchmal. Das Gefühl, restlos glücklich zu sein …

»Liam, hallo …« Stumm realisiere ich, dass Eva direkt vor mir steht und mit ein paar Zetteln vor meiner Nase herumwedelt. »Habt ihr vor, hier zu investieren?«

Stirnrunzelnd nehme ich ihr die Zettel aus der Hand und überfliege den Text. Es geht um ein Eisstadion, dessen Inhaber Investoren suchen, um es zu modernisieren.

Zusammen mit Aiden habe ich vor gut vierzehn Jahren die Firma Stone & Benett Investment gegründet. Zuerst waren wir nur zu zweit, dann aber wuchs die Firma rasant zu ihrer heutigen Größe heran und gilt inzwischen als eine der führenden Investmentfirmen überhaupt.

Unsere Investitionen gehen jedoch eher in den Bereich Hotel, Wohnungen und gelegentlich auch an junge Start-up-Unternehmen. Warum die Inhaber des Eisstadions daher bei uns angefragt haben, ist mir schleierhaft.

»Nein, das ist nicht ganz unsere Richtung. Das solltest du auch wissen.«

Eva arbeitet inzwischen seit etwas mehr als einem Jahr in unserer Abteilung für Öffentlichkeitsarbeit und unsere Investitionen sind ihr sehr wohl bekannt.

»Gehst du mal mit mir dahin?«

Fragend sehe ich sie an.

»Wohin? In das Eisstadion? Ich sagte doch gerade, dass ich nicht vorhabe, zu investieren.«

»Ich dachte auch eher daran, privat hinzugehen.«

Lachend gehe ich zum Esstisch und werfe die Unterlagen darauf.

»Bestimmt nicht. Du glaubst doch wohl nicht, dass ich aufs Eis gehe? Niemals.«

»Bitte.« Eva kommt näher, nimmt meine Hand zwischen ihre und drückt sie sich flehend vor die Brust. Dabei blickt sie mich von unten herauf aus ihren schönen Augen an. »Biiitte. Mir zuliebe.«

Sagte ich schon, dass diese Frau mich wahnsinnig macht?

»Ich überlege es mir.«

Wohlwissend, dass sie so gut wie gewonnen hat, grinst sie mich an und hopst wie ein kleines Mädchen, das ihren Vater zu etwas überreden konnte, zurück zur Couch.

***

»Ich lieb dich, Laaam.« Damit küsst Emily mich von gefühlten vier Litern Spucke begleitet auf den Mund. Trotzdem ist es das schönste Gefühl überhaupt.

»Ich liebe dich auch, Prinzessin.« Mit ihr auf dem Arm gehe ich in die Küche, wobei ich sie mehrmals in die Luft werfe und sie wieder auffange, was sie zum Jauchzen und mir noch mehr Sabberfäden ins Gesicht bringt.

In der Küche angekommen, setze ich sie ab und begrüße meine am Herd stehende Mutter mit einem Kuss auf die Wange. Meinem Vater klopfe ich auf die Schulter und drehe mich zu Eva und Isa um, die kichernd in einer Zeitung versunken am Küchentisch sitzen. Da Eva bis vor zwanzig Minuten noch auf meiner Couch geschnarcht hat, gebe ich nur Isa einen Kuss auf die Wange. Danach gehe ich durch den Flur in das Wohnzimmer, wo Aiden, mit einem Arm über dem Gesicht, auf der Couch liegt.

»Hey, was ist denn mit dir los?«

Kurz hebt er seinen Arm an und sieht zu mir hoch, bevor er ihn wieder auf seinem Gesicht ablegt.

»Frag nicht! Ich weiß gar nicht mehr, wann ich das letzte Mal eine Nacht durchgeschlafen habe, ich bin fix und fertig.«

Ich setze mich ihm gegenüber in den Sessel, was ihn nun doch dazu bringt, sich stöhnend aufzurichten.

»Na komm, so schlimm wird es schon nicht sein.«

»Du hast ja keine Ahnung, wie es ist, wenn ein Baby die ganze Nacht …«, erschrocken sieht er mich an. »Tut mir leid, Mann, ich wollte nicht …«

»Ist schon gut … Du hast ja recht. Ich habe wirklich keine Ahnung, wie das ist.«

»Liam …« Aiden unterbricht seinen Satz, als die Stimmen aus der Küche lauter werden und schließlich bei uns im Wohnzimmer landen.

Nur am Rand bekomme ich mit, dass meine Mutter anfängt, das Essen aufzutischen, und Matt und Isa mit Emily herumalbern. Alles, was ich sehe, ist Eva, wie sie den knapp zwei Wochen alten Ethan auf ihrem Arm schaukelt und ihm über das Köpfchen streichelt. Ich kann nicht erklären, warum, und doch durchströmt mich bei diesem Anblick ein undefinierbares Gefühl. Ein undefinierbares Gefühl, das sich verboten gut anfühlt.

Unsicher, was ich davon halten soll, schüttle ich den Kopf und folge Aiden, der sich bereits an den Esstisch setzt.

Sobald alle Platz genommen haben und ihre Teller befüllt sind, gehen die üblichen Gespräche los. Meine Mutter gibt Isa Ratschläge zum Muttersein, worüber sie und Eva die Augen verdrehen, und mein Vater fragt Aiden und mich, was es in der Firma Neues gibt.

»Ach übrigens, ich kann bei den Rekrutierungsgesprächen für den Pressesprecher nicht dabei sein. Ich habe da schon einen Termin mit dem Miller. Dem von der Hotelkette.«

Überrascht unterbreche ich mein Kauen, sehe Aiden mit großen Augen an und würge das Essen in meinem Mund hinunter.

»Und das fällt dir jetzt ein?«

»Tut mir leid, ich habe es wirklich vergessen, aber vielleicht kann Eva ihren freien Tag verlegen und daran teilnehmen?! Sie hat davon doch ohnehin mehr Ahnung als wir.« Alle Blicke am Tisch drehen sich in Evas Richtung, was ihr sichtlich unangenehm ist. Fragend blickt sie von einem zum anderen, vermutlich hat sie wieder einmal gar nicht zugehört und so wiederhole ich Aidens Frage: »Könntest du vielleicht nächsten Mittwoch deinen freien Tag umlegen und statt Aiden an den Rekrutierungsgesprächen für den Pressesprecher teilnehmen?«

»Ja klar … Das heißt … nein, ich kann doch nicht.« Flüchtig huscht ihr Blick zu Isa, bis sie wieder mich ansieht. »Tut mir leid, immer gerne, aber an dem Tag kann ich nicht.«

Ach, sie kann nicht. Warum? Ist sie wieder mit so einem schwanzlosen Zellhaufen wie vor zwei Wochen verabredet?

Um nicht meine neu auferlegte, eigene Regel, sie vor den anderen nicht mehr blöd anzumachen, zu brechen, stecke ich mir die nächste Gabel mit Nudeln in den Mund.

Soeben mit dem Essen fertig fangen meine Mutter, Isa und Eva bereits an, den Tisch abzuräumen. Gerade will Eva die letzte Schüssel in die Küche bringen, als ihr diese zu Boden fällt.

Eigentlich würde ich ihr jetzt beim Aufsammeln helfen, aber die Frage, warum sie am Mittwoch keine Zeit hat, wurmt mich.

»Na, heute wieder im Trampeltiermodus, oder bist du über einen Ameisenknochen gestolpert?«

Mit zu Schlitzen verengten Augen sieht Eva, die sich über die Scherben gebückt hat, über den Esstisch zu mir und setzt gerade zu einer Antwort an, als die Stimme meiner Mutter durch den Raum peitscht.

»LIAM, habe ich dich so erzogen? Sieh zu, dass du Handfeger und Schaufel holst und die Scherben wegräumst.« Dabei sieht sie mich an, wie sie es immer getan hat, wenn ich als kleines Kind nicht Bitte und Danke gesagt habe.

Stöhnend erhebe ich mich aus meinem Stuhl, um in die Küche zu gehen. Aus dem Augenwinkel nehme ich wahr, wie Eva ihr Gesicht hinter ihren Haaren verbirgt, damit meine Mutter ihr schadenfrohes Grinsen nicht sieht.

Mit Handfeger und Schaufel bewaffnet, stehe ich vor Eva, die mit hochgezogenen Augenbrauen in Richtung der Scherben auf den Boden nickt und weiterhin dreckig grinst. Miststück.

Widerwillig knie ich mich auf mein rechtes Knie und kehre die Scherben zusammen.

»Liam.«

Meine Fresse kann die Frau nerven. Ich lege meinen Kopf in den Nacken, um zu ihr aufzusehen.

»Was denn, Eva?«, frage ich übertrieben freundlich. Bis sie mit einem »Du hast da was übersehen« eine Scherbe weiter unter den Tisch kickt.

Ganz ruhig ein- und ausatmend, bemerke ich das Puckern meiner Halsschlagader, krieche aber ohne ein weiteres Wort unter den Tisch und fege auch diese letzte Scherbe auf.

Für gewöhnlich setzen wir uns nach dem Essen noch an den Wohnzimmertisch und trinken etwas. Heute ist mir aus für mich unerklärlichen Gründen jedoch die Stimmung vergangen. Daher beschließe ich, meine Jacke zu nehmen und aufzubrechen, als Eva in den Flur kommt und mich am Arm berührt.

»Willst du schon los?«

»Ja«, erwidere ich heftiger als gewollt und entziehe ihr meinen Arm. Als ich die Jacke überziehe, sehe ich im Augenwinkel, wie sie die Arme vor ihrer Brust verschränkt und mir näher kommt, um nicht so laut sprechen zu müssen.

»Wartet schon wieder eine von deinen Hechelhasen auf dich?«

»Was geht dich das an?«, blaffe ich zurück, nehme ärgerlich meinen Schlüssel von der Anrichte und öffne die Hautür. »Du sagst mir doch auch nicht, warum du Mittwoch keine Zeit hast, oder?!« Damit gehe ich hinaus und knalle die Haustür hinter mir zu.

Meine Fresse, was war das denn? Ich bin doch sonst nicht so empfindlich. Eigentlich kann es mir doch vollkommen egal sein, was Eva macht. Trotzdem muss ich mir eingestehen, dass mir der Gedanke, dass sie was auch immer mit einem anderen Mann macht, so ganz und gar nicht gefällt.

Keine zehn Minuten später habe ich mich wieder etwas beruhigt und halte vor meiner Stadtvilla, steige aber noch nicht aus. Wenn ich es nicht besser wüsste, könnte man meinen, ich bin … eifersüchtig, was natürlich vollkommen absurd ist.

Ich hoffe, du und dein Geld werden glücklich miteinander.

Müde fahre ich mir mit den Händen durch das Gesicht und versuche krampfhaft, diese verdammten Gedanken so schnell zu vertreiben, wie sie gekommen sind. Dann ziehe ich mein Handy aus der Jackentasche, um mich bei Eva zu entschuldigen, und sehe, dass bereits eine Nachricht von ihr eingegangen ist.

Am Mittwoch ist der zehnte Todestag meiner Mutter.

Scheiße …

KAPITEL 3

Eva

Noch im Übergang vom Schlaf zum Wachwerden versuche ich verzweifelt, mein Unterbewusstsein zu überreden, nicht vollständig zu erwachen. Bitte, nur dieses eine Mal, nur heute nicht und schon schlage ich, ohne dass ich es wirklich steuern kann, meine Augen auf. Minutenlang starre ich regungslos an die Zimmerdecke und versuche, die Erinnerungen zu verdrängen, die wie auf Knopfdruck auf mich einprasseln.

Mühsam schlage ich die Decke zurück, quäle mich aus dem Bett und gehe in die Küche, um mir einen Kaffee zu machen. Während die Kaffeemaschine mit knurrenden Geräuschen das heiße Wasser durch das Kaffeepad drückt, sehe ich aus dem Fenster. Es ist noch immer stockdunkel, nur im Schein der Straßenlaterne kann ich erkennen, dass es ein wenig nieselt. Genau wie vor zehn Jahren.

Es war ein Tag wie jeder andere. Ich war neunzehn und lebte noch bei meiner Mutter, der ich sehr nahestand. Meinen Vater habe ich nie kennengelernt. Vielleicht war das Band, das meine Mutter und mich verband, auch deswegen so stark.

»Hallo mein Schatz, ich komme heute etwas später. Fängst du schon mal an, uns etwas zu essen zu machen?«

»Was denkst du denn, ich bin doch schon dabei«, antworte ich meiner Mutter lachend. Als würde ich nicht immer, wenn ich vor ihr zu Hause bin,

anfangen, uns etwas zu essen zu machen. Ich beende das Gespräch und mache mich daran, den Blumenkohl zu putzen und anschließend in Röschen zu teilen, als es wenig später an der Tür klingelt. Wie oft vergisst sie eigentlich ihren Haustürschlüssel? Lachend reiße ich die Tür auf. »Na, haben wir mal wied…«

Doch statt meiner Mutter stehen zwei Polizisten vor mir, die mich mitleidig ansehen.

»Miss Smith?«

Sie brauchen nichts mehr zu sagen, ich weiß bereits, was sie mir mitteilen wollten, doch wahrhaben will ich es nicht. Augenblicklich wird mein Körper von einer eisigen Kälte überzogen und ich spüre sprichwörtlich, wie mir sämtliche Farbe aus dem Gesicht weicht.

»Nein! Nein!« Für die Polizisten kaum sichtbar schüttle ich den Kopf und gehe ein paar Schritte rückwärts in die Wohnung zurück. »Wir haben vor wenigen Minuten noch miteinander gesprochen. Sie wird gleich hier sein …« Ein weiterer Blick in die Gesichter der Polizisten und ich weiß, dass ich mich irre. Sie wird nicht kommen. Nie wieder.

Sie ist unachtsam gewesen, vermutlich, weil sie sich so beeilt hat, und ist vor ein Auto gelaufen. Die Verletzungen an ihrem Kopf waren so schwer, dass sie noch am Unfallort verstorben ist.

Automatisch wische ich mir die Tränen aus dem Gesicht, nehme meinen Kaffee und gehe ins Wohnzimmer, um mich mit den alten Fotoalben auf dem Sofa zu verkriechen. So ist es jedes Jahr. Ich sitze hier, sehe mir die Bilder an und weine. Weine um meine Mutter, die gleichzeitig meine beste Freundin und der wichtigste Mensch in meinem Leben war.

Das Schlimmste ist, dass es jedes Jahr so ist, als wäre sie wirklich erst heute gestorben. Die Zeit heilt eben doch keine Wunden, sie betäubt sie nur. Aber wenn man sich auf den Schmerz konzentriert, wie ich an ihrem Todestag, dann ist rein gar nichts betäubt.

Das Piepen meines Handys zeigt mir, dass eine Nachricht eingegangen ist. Sie ist von Isa, die mich bittet, vorbeikommen zu dürfen, doch sie weiß, dass ich diesen Tag für mich alleine brauche. Ich will niemanden sehen, nicht einmal sie.

Als wäre ich gar nicht richtig da, höre ich das Klingeln an der Wohnungstür wie durch einen Schleier. Wer auch immer es ist, er oder sie soll mich in Ruhe lassen.

Blind greife ich nach einem der vielen zerknüllten Taschentücher auf meinem Bauch und schnäuze erneut hinein. Ein Fotoalbum liegt auf meinen Beinen, eins auf dem Wohnzimmertisch und ein weiteres auf dem Boden.

Wieder klingelt es an der Haustür.

»Eva, bitte mach auf, ich weiß, dass du da bist.«

Es ist Liam und irgendwie ist er der Erste und auch Letzte, den ich heute sehen will. Einerseits ist er mir inzwischen so nah und ich mag merkwürdigerweise genau diese verrückte Art an ihm, mit der er mich regelmäßig zur Weißglut bringt. Anderseits kann ich diese heute unmöglich ertragen.

Ein leises Klopfen mit einem »Eva, bitte« dringt durch die Tür zu mir und so erhebe ich mich ergeben, schlurfe zur Tür und öffne sie.

In meinem langen, verwaschenen rosa Fleeceschlafanzug, mit dicken Wollsocken und rot verheultem Gesicht stehe ich vor ihm und warte auf einen Spruch, der aber nicht kommt. Stattdessen hält er mir ein Packung Taschentücher und eine Tafel Schokolade hin.

Warum weiß ich selbst nicht, aber ich lasse ihn rein und dirigiere ihn zum Sofa, wo er erst einmal Dutzende Taschentücher an die Seite räumen muss, um sich setzen zu können.

»Heute ist kein so guter Tag. Was möchtest du denn?«, frage ich ihn und hoffe, was auch immer er will, schnell hinter mich bringen zu können, um wieder alleine zu sein.

»Ich will nicht, dass du heute alleine bist.«

»Heute bin ich aber gerne allein und deswegen gehst du jetzt bitte wieder.«

»Ist das deine Mutter?« Liam nimmt das Fotoalbum vom Tisch, auf dessen aufgeschlagener Seite ein Porträtfoto meiner Mutter klebt. »Sie ist wunderschön.« Er sieht zu mir auf, woraufhin ich den Blick abwende. »Du siehst ihr sehr ähnlich.«

Schon wieder bemerke ich, wie mir Tränen in die Augen steigen, und schlucke mühsam, um sie am Überlaufen zu hindern.

Liam steht auf, stellt sich vor mich und nimmt meine Hände.

»Zieh dir was Warmes an und komm dann runter zum Auto. Wir fahren weg.«

Ärgerlich entziehe ich ihm ruckartig meine Hände.

»Sag mal, bist du schwer von Begriff, oder willst du es einfach nicht verstehen? Ich will alleine sein! Und ganz bestimmt mache ich heute keinen Ausflug mit dir.«

Fast sieht es so aus, als hätten ihn meine Worte wirklich getroffen. Allerdings ist mir das im Moment auch egal und so sehe ich ihn weiterhin herausfordernd an.

»Ich werde zum Auto gehen. Wenn du in zehn Minuten nicht da bist, lasse ich dich in Ruhe. Aber ich bin mir sicher, es würde dir gefallen.« Damit geht er und zieht die Wohnungstür leise hinter sich ins Schloss.

Spinnt der? Aufgebracht tigere ich durch mein Wohnzimmer und ärgere mich, dass ich überhaupt darüber nachdenke, ihm hinterherzugehen. Warum kann er meinen Wunsch, allein zu sein, nicht akzeptieren?

Ob ich wütend auf Liam oder auf mich bin, kann ich gerade selbst nicht sagen. Trotzdem steige ich sieben Minuten später in Jeans und Winterjacke gehüllt, mit Taschentüchern und Schokolade bewaffnet, in Liams Wagen.

Fast fünf Stunden später kommen wir am Friedhof in Greenville Ohio zum Stehen. Fünf Stunden, in denen Liam nicht ein Wort gesprochen hat, wofür ich ihm unendlich dankbar bin.

Inzwischen ist er ausgestiegen und hebt irgendetwas aus dem Kofferraum. Als auch ich austeige, trägt er einen riesigen Korb vor dem Bauch und wartet offenbar darauf, dass ich vorausgehe.

Viel zu lange war ich nicht hier und werde augenblicklich von meinem schlechten Gewissen im wahrsten Sinne des Wortes vor den Grabstein in die Knie gezwungen. Unmittelbar durchnässt der nasskalte Rasen meine Jeans, während ich meine Fingerspitzen küsse und diese auf den Stein lege.

»Hallo Mama«, beginne ich, werde aber sofort von einem Schluchzen unterbrochen.

»Eva, komm hoch, der Boden ist viel zu kalt.« Liam zieht mich zu sich hoch und dreht mich mit sich herum. Nur einen halben Meter weiter hat er einen großen Regenschirm aufgespannt, unter dem eine Isomatte ausgebreitet ist, auf der zwei Decken liegen.

Sprachlos lasse ich mich von ihm auf die Matte ziehen, setze mich mit ihm und lasse mir eine der Decken um die Schulter legen. Jetzt doch neugierig, sehe ich ihm dabei zu, wie er eine Thermoskanne, zwei Tassen und eine weitere Tafel Schokolade aus dem Korb nimmt.

Damit er uns einschenken kann, gibt er mir die beiden Tassen zum Festhalten und ich spüre durch die Keramik, wie die Wärme des Kaffees auf meine Hände übergeht. Dann legt er sich die zweite Decke um die Schultern, nimmt mir eine der Tassen ab und blickt in Richtung des Grabsteines. Ich sitze unterdessen da und kann kaum glauben, was er hier für mich tut. Wortlos tue ich es ihm gleich und starre auf den weißen Stein vor mir. Genieße die Ruhe, aber auch das Gefühl dennoch nicht allein zu sein.

Nicht wissend, wie lange wir schon hier sitzen, unterbreche ich die Stille.

»Sie hätte dich bestimmt gemocht. Deine ehrliche Art und sogar deine Ausdrucksweise, die wirklich manches Mal zu wünschen übrig lässt.«

Ich drehe meinen Kopf ins Liams Richtung und fange seinen Blick auf.

»Ich hätte sie auch sehr gerne kennengelernt.«

Leicht nickend, blicke ich wieder in Richtung Grabstein und versuche mühsam, gegen den immer größer werdenden Kloß in meinem Hals anzuschlucken. Wenn ich jetzt anfange, kann ich vielleicht nicht mehr aufhören, doch ich komme nicht gegen die Träne an, die sich aus meinem Augenwinkel löst und an meiner Wange herabläuft. Meine Augen brennen und ich spüre, wie sich das Schluchzen tief in mir aufbaut. Aus Angst, dass die Dämme brechen, mag ich kaum zwinkern, als mich zwei Arme umschließen und Liam mich an seine Brust zieht.

Sofort fällt alle Selbstbeherrschung von mir ab und ich lasse den Tränen freien Lauf, während er mich wie ein Kleinkind in seinen Armen wiegt. Das monotone Streicheln seiner Hand auf meinem Rücken und der mir so vertraute Geruch nach seinem holzigen Aftershave beruhigen mich, sodass nach längerer Zeit nur noch mein gelegentliches Schluchzen die Stille unterbricht. Trotzdem lasse ich Liam nicht los und sauge die Wärme und den Halt, den er mir gibt, in mich auf.

»Eva, wach auf, wir sind da.« Ein sanftes Rütteln an meinem Arm holt mich aus dem Schlaf. Blinzelnd sehe ich mich um und stelle fest, dass ich noch immer in Liams Auto sitze. Ich muss während der Heimfahrt eingeschlafen sein. Inzwischen ist es stockdunkel.

Noch nicht ganz wach, reibe ich mir über die Augen und rutsche im Autositz nach oben.

»Wie spät ist es?«

»Kurz nach zwei.«

Oh nein, schon so spät? Liam und auch ich müssen morgen wieder zur Arbeit. Daher öffne ich die Beifahrertür, als auch Liam aussteigt, um mich zur Tür zu bringen.

Er ist so wahnsinnig widersprüchlich. Auf der einen Seite kann er das größte Ekelpaket sein, auf der anderen Seite ist er der vorbildliche Gentleman, der mich nie den Weg von seinem Auto bis zur Haustür alleine gehen lässt. An der Tür angekommen, fällt mir ein, dass heute eigentlich die Rekrutierungsgespräche für den Pressesprecher stattfinden sollten, und so frage ich ihn danach.

»Die habe ich auf morgen verlegt.«

Bestimmt, weil ich Heulsuse meinen freien Tag nicht verschieben wollte.

»Es tut mir leid.«

»Hey.« Liam legt seine Hände um mein Gesicht und zwingt mich so, ihn anzusehen. »Ich habe die Gespräche verschoben, weil du mir wichtiger bist. Notfalls hätte ich sie auch alleine geführt, aber ich wollte heute bei dir sein und habe inständig gehofft, dass du mich nicht wieder wegschickst.« Ein unsicheres Lächeln, das ich von ihm nicht kenne, umspielt seine Mundwinkel.

Erst das zarte Streicheln seiner Daumen in meinem Gesicht zieht mich wieder ins Hier und Jetzt. Peinlich berührt bemerke ich, dass ich ihm sekundenlang auf seine Lippen gestarrt habe. Ich blicke zu seinen Augen auf und sehe, dass auch sein Blick auf meine Lippen gerichtet ist. Meine Haut unter seinen Händen beginnt zu brennen und so räuspere ich mich, um diesem merkwürdig vertrauten Moment aufzulösen. Auch Liam scheint von der Situation überfordert und so lässt er mich ruckartig los und geht in Richtung seines Wagens.

»Liam.« Noch einmal dreht er sich zu mir um. »Danke … für alles.«

KAPITEL 4

Eva

Lachend werfe ich den Kopf in den Nacken und höre Amelia zu, wie sie mir von einem Mann erzählt, den sie vorgestern in einer Bar kennengelernt hat.

Amelia ist die persönliche Assistentin von Liam und Aiden und solange wir uns kennen, ist sie wie ich Single. Und wenn ich ihren Ausführungen glauben darf, dann bleiben wir das auch lieber weiterhin. Besagter Mann hält wohl nicht viel davon, es langsam angehen zu lassen. Zumindest hat er ihr ein Foto seines besten Stückes geschickt und sich … ja, was hat er sich wohl davon erhofft?

Läuft denn heutzutage wirklich alles nur noch darauf hinaus, möglichst schnell miteinander ins Bett zu steigen und sich dann den oder die Nächste zu suchen?

Vielleicht bin ich auch einfach schrecklich altmodisch, aber ich glaube noch daran, dass es irgendwo da draußen den Richtigen gibt. Bevor ich meine Zeit bis dahin mit so einem Obszönen-Foto-Schicker verbringe, bleibe ich lieber ganz allein.

Das Pling in meinem Rücken kündigt an, dass der Fahrstuhl gekommen ist. Da Aiden bereits in seinem Büro ist, kann es demnach nur Liam sein.

»Guten Morgen, Ladys.«

Grinsend stelle ich fest, dass Amelia, wann immer Liam etwas Schmeichelndes sagt, leicht errötet. Insgeheim steht sie, glaube ich, ein bisschen auf ihn und unter anderen Voraussetzungen hätte sie vielleicht sogar eine Chance bei ihm. Sie ist gerade dreißig geworden, groß und schlank, mit schulterlangen blonden Haaren. Aber sie ist eine Angestellte von Stone & Benett Investment und fällt damit raus. Aiden hatte einmal einen ähnlichen Frauenverschleiß wie Liam, dabei waren sie sich aber einig, dass man nichts mit Angestellten anfängt, und daran haben sie sich angeblich auch immer gehalten.

Ich stoße mich mit Schwung von Amelias Schreibtisch ab, auf dessen Kante ich gesessen habe, nehme die beiden Kaffeebecher und gehe vor Liam in sein Büro.

So läuft es jeden Morgen. Ich unterhalte mich ein wenig mit Amelia, während ich auf Liam warte, um einen Kaffee mit ihm zu trinken. Danach fahre ich fünf Stockwerke tiefer in die Abteilung für Öffentlichkeitsarbeit, in der ich arbeite.

Auf dem Weg zu Liams Schreibtisch, wo ich den Kaffee abstelle, streife ich meine Pumps ab und setze mich auf seinen Bürostuhl. Sofort drehe ich mich vom Raum weg in Richtung der Fensterfront, hinter der sich gefühlt ganz Chicago erstreckt.

Der Turm, in dem sich die Firma Stone & Benett Investment befindet, steht ganz in der Nähe vom Loop, in der North Wabash Avenue. Mit seinen dreißig Stockwerken, von denen die unteren fünfzehn als Luxuswohnungen vermietet sind, ist er bei Weitem nicht der Höchste in Chicago, aber die Aussicht ist trotzdem jedes Mal überwältigend.

Erst jetzt höre ich, dass auch Liam in sein Büro kommt und die Tür schließt.

»EVA!«

Ertappt zucke ich zusammen und drehe mich in seine Richtung.

»Tut mir leid.«

Ärgerlich kickt Liam einen meiner Schuhe an die Seite und legt seinen Laptop vor mir auf dem Schreibtisch ab.

»Sag nicht immer, dass es dir leidtut, wenn es nicht so ist.«

»Okay, du hast recht. Es tut mir nicht leid.« Seine gerunzelte Stirn ignoriere ich gekonnt und frage ihn stattdessen, wie sein Wochenende war.

Seit dem Todestag meiner Mutter haben wir uns nur Donnerstagmorgen zum Kaffee und zu den Rekrutierungsgesprächen gesehen. Am Freitag war Liam nur auf Stippvisite in der Firma und gestern war ich nicht beim Abendessen der Benetts.

Ohne es beeinflussen zu können, erinnere ich mich immer wieder an Mittwochnacht, wobei mir ein wohliger Schauer über den Rücken läuft. Daran, wie er mich vor meiner Haustür verabschiedet hat. Dieser Moment war so … innig. Natürlich haben Liam und ich schon viele schöne Momente miteinander erlebt und noch öfter haben wir uns berührt und doch, dieses Mal war es anders.

Das ganze Wochenende habe ich darüber nachgedacht, wie ich mich jetzt ihm gegenüber verhalten soll, bin aber stets zu dem gleichen Entschluss gekommen. Ich werde rein gar nichts machen oder sagen und einfach so tun, als hätte es diesen Moment nie gegeben.

Vielleicht hat es ihn auch nie gegeben? Schließlich war ich an dem Tag ohne Zweifel ziemlich durch den Wind und es ist gut möglich, dass ich da etwas in eine Geste reininterpretiere, die so gar nicht stattgefunden hat.

»Hallo?« Liam schnippt mit seinen Fingern vor meinen Augen herum, woraufhin ich ihn fragend ansehe. »Warum fragst du überhaupt, wenn du doch nicht zuhörst?«

Ähm ja, ich weiß auch nicht.

»Sag mal, schickst du den Frauen, die du kennenlernst, eigentlich Penisbilder?«

Liam, der gerade in seinen Unterlagen wühlt, stockt mitten in der Bewegung, starrt noch einen Moment lang auf die Papiere vor sich und dreht dann seinen Kopf in meine Richtung.

»Wie bitte? Ob ich was mache?«

Jetzt doch etwas verlegen, rutsche ich auf dem Bürostuhl herum und merke, wie meine Wangen warm werden. Ich werde jetzt einfach gar nichts mehr sagen, aber Liams Gesichtsausdruck lässt mich erkennen, dass das Thema für ihn nicht so einfach beendet ist.

»Na ja, Amelia hat da so einen Typen kennengelernt und der … hat ihr halt so Fotos geschickt.« Betont gelangweilt spiele ich mit den Stiften in dem Stifthalter vor mir und hoffe, dass diese Unterhaltung damit beendet ist, als Liam auflacht und mein Kopf sich wie von selbst in seine Richtung bewegt.

»Na, zu der Lusche kann man ihr dann ja nur gratulieren.« Wieder blättert er in seinen Unterlagen.

»Also hast du das noch nicht gemacht?«

Ohne mich anzusehen, antwortet er mir.

»Nein, ganz sicher nicht.«

»Und hat dir schon mal eine irgendwelche schmutzigen Fotos geschickt?«

Endlich habe ich wieder seine volle Aufmerksamkeit. Liam lässt die Unterlagen liegen, knöpft sein Jackett auf und setzt sich auf die Schreibtischkante rechts von mir.

»Warum willst du das wissen? Musst du jetzt heulen, weil dir keiner seinen Schwanz schickt, oder was?«

Verächtlich schnaube ich auf, weil ich das nun wirklich nicht brauche.

»Wenn du willst, schicke ich dir meinen, bei dir würde ich da eine Ausnahme machen.«

Mit hochgezogenen Augenbrauen sehe ich ihm in sein grinsendes Gesicht.

»Nein danke, das abgenutzte Ding will ich erst recht nicht haben.« Gott wie unangenehm, wie konnte unser Gespräch nur in diese seltsame Richtung abdriften?

»Baby, da ist rein gar nichts abgenutzt, das ist doch kein Radiergummi.«

»Boah, Liam.« Angewidert drehe ich mich von ihm weg, stehe auf und nehme mir meine noch immer halb volle Kaffeetasse. »Ich muss jetzt auch runter.« Bevor ich die Tür erreicht habe, ruft Liam mich noch einmal zurück.

»Ach, Eva, würdest du am nächsten Wochenende bitte mit mir zur Selected-Investoren-Gala gehen?«

***

Heute ist unser Isa-und-Eva-Samstag. Einmal im Monat gehen wir in unsere Lieblings-Mall den Water-Tower-Place, flanieren durch die Geschäfte, gehen zur Kosmetikerin und trinken Kaffee.

Dieses Mal haben wir zur Abwechslung wieder einmal ein Ziel, wir müssen uns für die Selected-Investoren-Gala heute Abend einkleiden.

Besagte Gala findet einmal jährlich statt und versammelt die First Class der Investoren in und um Chicago. In meiner früheren Anstellung als Journalistin war ich einige Male dort, um darüber zu berichten. Zwar habe ich Liams Einladung nicht hinterfragt, da es nicht das erste Mal ist, dass ich ihn zu einer Veranstaltung begleite. Dennoch wundert es mich, dass er mich zu einer Gala dieser Größenordnung mitnehmen will.

Schwitzend stehe ich in einer Umkleidekabine und ziehe mich zum gefühlten dreihundertvierzehnten Mal um. Warum tue ich mir das eigentlich an? Ich weiß warum, weil ich den Abend mit dem in der Öffentlichkeit stehenden Liam verbringen will.

Ich liebe Liam, aber … STOPP! NEIN! PFUI! Das habe ich nie gesagt, wo ist die Seife, die ich essen kann. Nur den Mund auswaschen, reicht hier fürchte ich nicht aus. Natürlich liebe ich Liam nicht! Zumindest nicht richtig, nicht so wie eine Frau einen Mann liebt … Ach, ist ja auch egal.

Liam ist in der Öffentlichkeit ein ganz anderer. Dann ist er höflich, zuvorkommend und sein Charisma scheint allein durch seine Anwesenheit den ganzen Raum einzunehmen. Fast kommt es mir unmöglich vor, dass sich zwei so grundverschiedene Persönlichkeiten in ihm befinden, und doch mag ich beide Seiten gleichermaßen. Ich wünschte, es würde eine Mischung aus beiden geben.

Umständlich versuche ich mit wild wackelnden Verrenkungen, den auf dem Rücken liegenden Reißverschluss des bodenlangen, im Meerjungfrauen-Stil gehaltenen Kleides zu schließen. Aber so sehr ich auch wackle und meinen Oberkörper hin- und herwerfe, meine Arme werden einfach nicht länger. Das Kleid über meiner Brust festhaltend, linse ich an der Tür zur Umkleidekabine vorbei und tippele in die Kabine neben mich, in der Isa ebenfalls ein Kleid anprobiert.

»Wow, Eva, das Kleid ist der Hammer.«

»Ja, der totale Hammer, man kann es nur nicht alleine anziehen. Hilfst du mir mal?« Ich drehe Isa den Rücken zu und halte mit der freien Hand mein Haar nach oben, damit sie den Reißverschluss für mich schließen kann. Danach verlasse ich die Kabine und trete vor die große Spiegelwand, die in einem Halbkreis aufgestellt ist, damit man sich von allen Seiten ansehen kann.

Wow … das rosa, trägerlose Kleid ist bis zur Mitte meiner Oberschenkel sehr figurbetont und läuft dann in einer Art Trompete aus Tüll, bis zum Boden hin, aus. Ich nehme meine Haare zusammen, als würde ich eine Hochsteckfrisur tragen, und drehe mich von rechts nach links und zurück, wobei ich einige prüfende Blicke in den Spiegel werfe. Es ist perfekt.

Isa ist inzwischen fertig und steht mit einem Kleid über den Arm hinter mir.

»Wem willst du damit wieder den Kopf verdrehen?«

Mit hochgezogenen Augenbrauen sehe ich sie über das Spiegelbild hinweg an, was sie augenblicklich zum Schweigen bringt. Zeitgleich gebe ich ihr zu verstehen, dass sie mir das Kleid öffnen soll.

Wann immer ich Liam auf eine Veranstaltung begleite, stellt sie mir die gleiche blöde Frage. Wem sollte ich schon den Kopf verdrehen wollen?

KAPITEL 5

Liam

»Eva?« Ich trete durch die einen Spalt offen stehende Haustür und stehe in ihrem Wohnzimmer. Als ich gerade eben an der Eingangstür geklingelt habe, hat sie mich durch die Sprechanlage gebeten, schnell hochzukommen, damit ich ihr bei etwas helfen kann. Aber wo ist sie jetzt? Im Augenwinkel nehme ich eine Bewegung wahr und sehe nach links, wo sie aus dem Badezimmer kommt und … bin kurz sprachlos.

Mit einer Hand auf Brusthöhe an ihr Kleid gedrückt, kommt sie zu mir und bittet mich, ihr den Reißverschluss zuzuziehen. Oh man, jetzt verlangt sie unserer rein platonischen Freundschaft aber allerhand ab.

Sie dreht sich mit dem Rücken zu mir und streicht sich mit der freien Hand die wenigen Haarsträhnen aus dem Nacken, die nicht in ihrer Hochsteckfrisur stecken. Dabei sieht sie mich über ihre Schulter auffordernd an, was mich aus meiner Starre reißt. Räuspernd gehe ich einen Schritt auf sie zu und nehme den Schieber zwischen meine Finger, kann dabei jedoch nicht den Blick von ihrer hellen Porzellanhaut nehmen.

Mensch, Alter, jetzt reiß dich mal zusammen, das hier vor dir ist Eva.

»Ähm, du weißt aber schon, dass du keinen BH anhast, oder?« Endlich bin ich fertig und stecke meine kribbelnden Finger in die Hosentaschen, wobei sie sich grinsend zu mir umdreht.

»Ja, das ist mir nicht entgangen. Für Titt und Tott hat das Kleid vorgeformte Cups.«

Lachend schüttle ich den Kopf. Das wird sie mir wohl noch ewig vorhalten, halte aber sofort inne, als sie anfängt an meiner Krawatte zu ziehen. Als sie meinen vermutlich ziemlich dämlichen Gesichtsausdruck sieht, fängt sie ebenfalls an zu lachen.

»Keine Sorge, Schönling, ich falle schon nicht über dich her.«

»Und wenn, ich könnte es verstehen. Ich würde mich selbst vögeln, wenn ich könnte.«

Immer noch lachend, streicht sie mir über die Brust.

»Fertig.«

Meinen Blick an mir herabgleitend, sehe ich, dass sie meine Krawatte gegen eine andere eingetauscht hat, die genau den gleichen Farbton hat wie ihr Kleid.

»Danke.« Mehr fällt mir gerade beim besten Willen nicht ein. Mir fehlen nicht oft die Worte, doch jetzt gerade ist es so. Eva will soeben in das Treppenhaus hinaustreten, als mir doch noch etwas einfällt, was ich ihr unbedingt sagen möchte. »Ach, und Eva … du siehst umwerfend aus.«

Wenige Minuten später sitzen wir bei Aiden und Isa in unserer Firmenlimousine und lassen uns von Leo, unserem Fahrer und Leiter der Sicherheitsabteilung, zu der Selected-Investoren-Gala fahren.

Wie immer bei solchen Veranstaltungen steht bereits eine ganze Heerschar von Paparazzi vor dem Eingang. Gott, wie ich das hasse.

Nachdem Aiden und Isa den Wagen verlassen haben, nehme ich Evas Hand. »Bereit?«

Dabei ist die Frage eher rhetorisch gemeint, ich weiß, dass ihr der Trubel nicht viel ausmacht. Zwar war sie nie eine von denen, die hier ungefragt ihre Fotos schießen. Aber sie war eine von denen, die einem die Fragen nur so ins Ohr brüllen, in dem Glauben, dass man dann eher antwortet.

»Klar.«

Ich bin noch nicht ganz ausgestiegen, als das Geknipse, das soeben noch auf Aiden und Isa gerichtet war, auch schon auf mich trifft. Dabei helfe ich gerade Eva aus dem Wagen. Was verdammte Scheiße haben sie davon, meinen Arsch zu fotografieren? Und was macht Eva? Sie strahlt in die Kameras, als hätte sie nie etwas anderes getan. Nur jemand, der sie kennt, kann sehen, dass dieses Lachen zum Teil aufgesetzt und nicht ganz echt ist.

Mr. Benett. Da Mrs. Smith Sie regelmäßig begleitet, dürfen wir annehmen, dass sie Ihre Lebensgefährtin ist?

Mrs. Smith, Mr. Benett gucken Sie einmal in diese Richtung.

Mrs. Smith, wie ist es, für den eigenen Lebensgefährten zu arbeiten?

Ich könnte platzen und doch sehe ich geduldig in ein bis vierundfünfzig Kameras, bevor endlich der nächste Wagen hält und sich die Meute auf das arme Schwein stürzt, das jetzt kommt.

Wir betreten die Lobby des wirklich beeindruckenden Hotels, wo uns sofort die Mäntel abgenommen werden. Gleich darauf betreten wir den imposanten Saal, in dem der Empfang stattfindet. Dass meine Hand, die ich auf Evas unteren Rücken gelegt habe, dabei zu verbrennen scheint, nehme ich zwar wahr, versuche aber, es zu ignorieren.

Was ist in den letzten Wochen nur mit mir los? Wahrscheinlich bin ich einfach chronisch untervögelt.

Nachdem ich zwei Champagnergläser von dem Tablett des vorbeieilenden Kellners gegriffen habe, reiche ich Eva eines und stoße mit ihr an. Dann lasse ich meinen Blick über die Menge schweifen und verschaffe mir einen Überblick darüber, wer alles hier ist. Na bravo, Evan Miller, das hat mir gerade noch gefehlt. Er hat sich etwa zur gleichen Zeit wie Aiden und ich selbstständig gemacht und ist, wie ich zugeben muss, ebenfalls sehr erfolgreich, sonst wäre er auch nicht hier. Das ändert aber nichts daran, dass er ein Riesenarschloch ist.

Anhand der um die Tanzfläche aufgebauten Tische nehme ich an, dass bei Weitem noch nicht alle geladenen Gäste angekommen sind. Eva meinen Arm hinhaltend, in den sie sich einhakt, gehen wir außen an den Tischen vorbei, begrüßen alle paar Meter ein paar bekannte Kollegen und setzen uns dann auf unsere zugewiesenen Plätze. Aiden und Isa sitzen bereits und während Aiden genauso begeistert aussieht wie ich, überlegen Eva und Isa, unter welchem Vorwand man die Gala schnell wieder verlassen könnte. Dabei fuchteln und gackern sie vor meiner Nase herum, da Eva rechts und Isa links von mir sitzt.

Ich nehme einen großen Schluck aus der Champangerflöte und lehne mich hinter Isas Rücken zu Aiden herüber. »Warum sind wir noch mal hier?«

»Weil wir uns auch mal irgendwo blicken lassen müssen. Wir können ja kurz nach dem Essen wieder verschwinden.«

Inzwischen hat sich unser Tisch gefüllt und, wie sollte es auch anders sein, Arschloch Evan sitzt direkt neben Eva. Seine billige Begleitung hat er bei Evas Anblick direkt vergessen und lächelt ihr mit einem »Na, ob wir beide uns hier wohl vertragen?« schmalzig zu. Und was macht Eva, sie lächelt auch noch zurück.

Und schon beginnt er damit, seiner Begleiterin, die er uns als Kim vorgestellt hat, vorzuschwärmen, was für ein toller Typ er doch sei. Natürlich nicht, ohne Eva dabei regelmäßig mit einem Kopfnicken zu signalisieren, dass auch sie sich gerne anhören darf, was für ein Hecht er ist. Um mich zu beruhigen, beginne ich, das Besteck vor mir hin und her zu schieben, und überlege, ob es wohl viel Aufsehen erregen würde, wenn ich auf den tiefen Teller für die Suppe kotzen würde.

»Und Sie, Mrs. Smith, wie gefällt es Ihnen hier?«

Weil ich Evas Namen höre, blicke ich nach rechts.

»Bis Sie vor zehn Minuten an den Tisch gekommen sind, gefiel es mir noch ganz gut, danke.«

HA, das ist mein Mädchen. Überheblich grinsend, lege ich meinen Arm auf Evas Rückenlehne und sehe zu Evan, der sich irritiert wieder seiner Kim zuwendet.

Um nicht sofort nach dem dreistündigen Essen zu verschwinden, gehen wir vier zur Bar, wo ich noch auf zwei Whiskey warte. Durch ein aufdringlich in der Nase beißendes Parfüm drehe ich meinen Kopf nach rechts, wo besagte Kim von vorhin steht. Meinen Blick einmal auf ihre halb heraushängenden Silikonmelonen gesenkt, sehe ich erneut in ihr Gesicht und lächle sie gezwungen an, bevor ich mich wieder der Bar zuwende. Warum machen manche Frauen so was? Glauben sie wirklich, dass das irgendeinem Mann gefällt?

Endlich stellt der Keeper die noch fehlenden Whiskeygläser vor mir ab.

»Seid ihr ein Paar oder begleitet sie dich nur?« Ohne dem Blick der lebenden Parfümwolke zu folgen, weiß ich, dass sie Eva meint, die irgendwo hinter mir steht.

»Kannst du tanzen?«

Dümmlich grinsend, fummelt sie verlegen an dem Träger ihres Kleides und dreht sich wie eine beschissene Spieluhr hin und her. Eigentlich sieht sie gar nicht schlecht aus, nur die Hellste scheint sie nicht zu sein.

»Ja, warum?«

»Dann tanz ab!« Kurz erlaube ich mir noch, ihren dummen Gesichtsausdruck zu genießen, bevor ich mich zu Aiden umdrehe, um ihm seinen Whiskey zu reichen. Dabei bleibt mein

Blick wie hypnotisiert an Evas Zunge hängen, mit der sie sich gerade den Champagner von den Lippen leckt, woraufhin mir fast die Gläser aus der Hand rutschen.

»Liam? Alles in Ordnung?« Aiden nimmt mir mit fragendem Ausdruck sein Whiskeyglas aus der Hand.

»Äh ja, klar. Halt das mal, ich bin gleich wieder da.« Damit drücke ich ihm auch mein Glas in die Hand und gehe in Richtung der Toiletten.

Verdammt, jetzt reiß dich mal am Riemen!

Gegen den Waschtisch gelehnt, ziehe ich mein Handy aus der Innentasche meiner Jacke und scrolle auf der Suche nach Addisons/Maddisons Nummer durch meine Anrufliste. Ich muss einfach mal wieder …

»Na, Benett, musst du schon wieder die Nächste klarmachen, obwohl die eine noch draußen wartet?« Während Evan mich volllabert, stellt er sich ans Urinal und fummelt an seinem Gürtel. »Aber kein Problem, die Kleine vor der Tür übernehm ich gerne für dich. Wenn ich sie dann das erste Mal gevögelt habe, darf sie mir schön einen blasen und meinen Schwan… Ah, bist du bescheuert?!«

Innerhalb von Sekunden habe ich mein Handy eingesteckt, reiße Evan vom Pissbecken weg und schlage ihn mit dem Gesicht seitlich gegen die geflieste Wand. Dabei drehe ich ihm seinen rechten Arm auf den Rücken, woraufhin er gequält aufstöhnt.

»Scheiße, Liam, lass mich los!«

Ungezügelte Wut brennt sich wie heiße Lava durch jede meiner Poren, sodass ich ihm seinen verdammten Arm am liebsten ausreißen will.

»Wenn du sie auch nur ein einziges Mal anfasst, wenn du nur noch ein einziges Wort mit ihr sprichst, breche ich dir sämtliche Knochen in deinem beschissenen Körper. Hast du das verstanden?« Instinktiv drücke ich seinen Arm noch ein kleines Stückchen höher, nicht mehr viel und ich kugle ihm den Arm aus.

»Ja! Ja Mann, ich habs verstanden.« Schweiß steht ihm auf seiner schmerzverzerrten Visage und ich weiß, er hat es begriffen. Trotzdem ziehe ich seinen Kopf noch einmal zurück und schlage ihn erneut gegen die Fliesen, bevor ich ihn loslasse und mein Jackett richte. Evan beugt sich stöhnend vor und reibt sich die Schulter. Was für ein jämmerlicher Wichser.

Ohne ein weiteres Wort verlasse ich die Toilettenräume und durchquere die Lobby, um zu den anderen zurückzukehren, als mich jemand am Arm berührt. Eva …

»Alles in Ordnung mit dir?«

Völlig überfordert fahre ich mir mit der Hand durch die Haare.

Nein … Nein, gar nichts ist in Ordnung. Ich war gerade drauf und dran, jemanden den Arm auszukugeln, nur weil er einen dummen Spruch über dich von sich gegeben hat. Meine Haut kribbelt, wenn ich dich berühre und … und verdammt noch mal, mein Schwanz fängt an zu zucken, wenn du dir wie vorhin über die Lippen leckst. SCHEISSE!

»Ja, alles bestens.« Erst jetzt bemerke ich die beiden Mäntel, die sie im Arm hält. »Wollen wir los?«

Mit zusammengezogenen Augenbrauen sieht Eva mich musternd an und ich weiß, sie glaubt mir kein Wort.

»Ja, Isa und Aiden sitzen bereits im Wagen.« Sie reicht mir meinen Mantel und noch während wir uns anziehen, kommt Evan mit einem stark geröteten Auge und leicht nasser Hose aus Richtung der Toiletten. Offensichtlich hat er sich angepisst, als ich ihn vom Urinal weggezogen habe. Evas Blick folgt ihm, als er tonlos an uns vorbei in Richtung Ausgang geht, bevor sie wieder zu mir sieht. Vermutlich fragt sie sich gerade, ob das, was sie denkt, tatsächlich passiert sein könnte.

Noch nie habe ich mich so vergessen.

»Hast du …«

»FRAG NICHT!«, unterbreche ich sie schroff. Versöhnlich, weil ich sie nicht erschrecken wollte, nehme ich ihre Hand. »Lass uns gehen.«

Es ist nicht unüblich, dass Eva und ich nach einer Veranstaltung noch etwas zusammen trinken, und obwohl ich heute lieber direkt nach Hause fahren würde, sage ich nicht Nein, als sie mich danach fragt.

Während sie im Bad verschwindet, nehme ich uns zwei Gläser aus dem Küchenschrank. In ihres gieße ich einen Sekt, ich brauche dringend etwas Stärkeres. Da ich den Whiskey im Hotel nicht einmal angerührt habe, nehme ich mir jetzt einen. Den ersten stürze ich in einem Zug herunter und gieße mir gleich den nächsten nach. Mit den Armen auf der Arbeitsplatte abgestützt lasse ich meinen Kopf hängen.

»Ähm, kannst du mir noch mal helfen?« Ich drehe meinen Kopf zur Seite, wo Eva in ihrem atemberaubenden Kleid steht und nach hinten auf ihren Rücken deutet. »Ich komme doch nicht an diesen blöden Reißverschluss.«

Gleichzeitig dreht sie mir den Rücken zu und ich trete hinter sie. Zögernd halte ich meine Hand zurück, greife dann aber doch nach dem Schieber des Reißverschlusses und ziehe ihn Zahn für Zahn nach unten. Oh verdammt was passiert hier? In der gesamten Wohnung ist es so leise, dass man die sprichwörtliche Stecknadel zu Boden fallen hören könnte.

Ohne, dass ich es bewusst steuern kann, fahre ich mit meinen Fingerknöcheln über den Streifen Haut, den der Reißverschluss soeben freigelegt hat, und sehe die Gänsehaut, die sich auf Evas Rücken bildet. Das Geräusch, als sie scharf die Luft einzieht, unterbricht die Stille und hallt unnatürlich laut in meinen Ohren wider. Langsam dreht sie sich zu mir um und sieht unter ihren langen Wimpern zu mir auf. Bitte, Eva, schick mich jetzt weg.

Eine Hand hat sie in ihr Kleid gekrallt, um es am Runterrutschen zu hindern, die andere legt sie an meine Wange, wo ihr Daumen mir über die Lippen streichelt.

Ihr Mund ist leicht geöffnet und ihr Brustkorb hebt und senkt sich in schnellem Rhythmus. Was machen wir hier?

Eva ist der wichtigste Mensch in meinem Leben. Sie ist die Einzige, bei der ich eine Zeitlang innere Ruhe finden kann. Will ich das wirklich für eine einzige Nacht riskieren? Mein Puls rast, ich sollte zusehen, dass ich hier wegkomme und doch bewege ich mich nicht einen Zentimet…

Evas Lippen sind genauso, wie ich sie mir immer vorgestellt habe. Warm und weich. Unsicher zieht sie sich zurück und sieht mir nach einer Reaktion suchend in die Augen. Ach, Scheiß drauf …

Ich schiebe sie mit meinem Körper einen halben Meter zurück, bis sie an die Wand neben der Haustür stößt, und umfasse ihr Gesicht. Ihre Augen sehen mich so erwartend an, wie sie es noch nie getan haben. Das hier ist meine letzte Chance zu gehen und doch lege ich meine Lippen auf ihre und als hätte sie nur darauf gewartet, öffnet sie ihren Mund und kommt mir mit ihrer Zunge entgegen. Die erste Berührung unserer Zungenspitzen durchfährt mich wie ein Stromschlag und lässt sie in meinen Mund seufzen. Ihre freie Hand krallt sie in mein Haar, um mich noch fester an sich zu ziehen.

Als hätte mein Schwanz seit unserem Kennenlernen nur darauf gewartet, drückt er sich bereits schmerzhaft gegen meine Hose. Ich bin im Begriff, Eva zu ficken, MEINE Eva.

Augenblicklich lasse ich von ihr ab und wische mir mit der Hand durchs Gesicht, um sie auf meinem Mund liegen zu lassen. Fassungslos sehe ich ihr an, dass sie genauso verzweifelt ist wie ich. Dass sie sich genau wie ich fragt, was wir hier eigentlich tun und doch sieht sie verletzt aus, so als würde ich sie zurückweisen. Dabei versuche ich doch nur, das zu schützen, was wir haben. Um sie nicht weiter ansehen zu müssen, drehe ich mich von ihr weg, nehme mein Handy aus dem Jackett und will Leo anrufen, damit er mich abholt. Evas Kleid raschelt, woraufhin ich mich wieder zu ihr umdrehe und … Ach du heilige Scheiße …

KAPITEL 6

Eva

Verdammt ist das kalt, kalt und ziemlich peinlich. Ich muss es ja ganz schön nötig haben, anders kann ich mir diese Aktion nicht erklären.

Nur noch in einem kleinen Slip und halterlosen Strümpfen stehe ich vor Liam, mein Kleid liegt zusammengebauscht um meine Füße. Was tue ich hier eigentlich? Wir würden alles, was zwischen uns ist, kaputtmachen und doch schreit jede Faser in meinem Körper geradezu nach ihm.

Was guckt er denn jetzt so dusselig und sagt kein Wort? Hat er noch nie eine nackte Frau gesehen, oder was? Sein Blick liegt länger als angemessen auf meinen Brüsten, woraufhin sich meine Nippel aufrichten und ein Kribbeln durch meinen Körper jagt, das geradewegs zwischen meine Beine schießt. Endlich sieht er zu mir auf und ich erkenne den Kampf, den er innerlich austrägt. Er will das hier genauso wie ich und gleichzeitig will er es nicht. Genauso wie ich.

Doch je länger er so dasteht, desto bescheuerter komme ich mir vor. Unsicher nage ich an meiner Lippe, verschränke meinen rechten Arm über meine Brust und streiche mir über den linken Oberarm. Obwohl ich es nicht will, spüre ich die Tränen, die sich in meinen Augen sammeln und das laute Schlucken, um dagegen anzukämpfen, hallt laut in meinen Ohren wider. Liam hat schon unzählige Frauen gevögelt, warum will er nur mich nicht?

Resigniert bücke ich mich, um das Kleid wieder hochzuziehen, als ich unerwartet seine Hände an meinen Armen spüre und er mich an sich zieht, um mich erneut zu küssen. Fast ehrfürchtig streicht seine Zunge über meine Lippen, die ich ihm nur allzu bereitwillig öffne, um ihn einzulassen. Sanft berühren sich unsere Zungenspitzen, ziehen sich zurück, um sich von Neuem zu treffen. Liam lässt von mir ab und ich befürchte schon, dass er mich wieder zurückweisen wird, stattdessen nimmt er mich auf seine Arme und trägt mich in Richtung Schlafzimmer. Schon fast bei der Tür kommt er ins Straucheln und ich klammere mich instinktiv an seinen Hals.

»EVA.«

»Tut mir leid.« Kichernd vergrabe ich mein Gesicht in seiner Halsbeuge. »Tut mir leid, dass du so blöd bist und immer wieder über meine Schuhe stolperst.« Ich höre noch das Klappern, als mein Schuh gegen irgendeine Wand getreten wird, bevor Liam mich einen Meter vom Bett entfernt schwungvoll und ziemlich ungalant von seinen Armen direkt auf das Bett wirft.

So widersprüchlich es im Gegenzug zu meinem Auftritt vor fünf Minuten auch sein mag, zupfe ich jetzt die Bettdecke unter meinem Körper hervor, um mich damit bedecken zu können.

»Nein! Deck dich nicht zu.« Auf der einen Seite ist es mir peinlich, so entblößt vor ihm zu liegen, und ich überlege, mir die Decke trotzdem über den Körper ziehen. Andererseits ist es Liam, einer der wenigen Menschen, wenn nicht der Einzige, vor dem mir gar nichts unangenehm sein muss.

Ein wohliger Schauer überkommt mich, als er sein Jackett ablegt und beginnt, sein Hemd aufzuknöpfen. Obwohl ich Liams Oberkörper natürlich schon einige Male gesehen habe, ist es dieses Mal etwas anderes. Dieses Mal zieht er sich für mich aus.

Mit offen stehendem Mund lasse ich meinen Blick über seine definierte Brust mit den kleinen dunklen Brustwarzen und über seinen festen Bauch wandern. Beobachte das Spiel seiner Muskeln, als er sich das Hemd über die breiten Schultern streift und dieses zu Boden fallen lässt. Gleich darauf öffnet er seinen Gürtel und knöpft die Anzughose auf, unter der sich bereits Beachtliches abzeichnet. Allein das Wissen, dass ich für seine Erektion verantwortlich bin, lässt meine Klit verlangend pulsieren und mein Herz schneller schlagen. Indem er seine Hose herunterschiebt, legt er das von seiner Muskulatur angedeutete V frei, das in seiner Shorts endet.

Die Matratze gibt unter seinem Gewicht nach und mit einer Eleganz, wie ich sie nur von ihm kenne, krabbelt er vom Bettende zu mir herauf. Dabei streichen seine Fingerspitzen hauchzart an meinen Beinen hinauf, wo sie eine Spur Gänsehaut nach sich ziehen, die sich über meinen ganzen Körper legt. Wenn überhaupt möglich, ziehen sich meine Brustwarzen noch fester zusammen. Ich kann seinen Atem an meiner Haut spüren, seinen mir so vertrauten Geruch riechen und doch kann ich nicht glauben, dass das hier wirklich passiert. Als müsste ich mich selbst davon überzeugen, berühre ich seine Lenden und sehe in seine Augen, deren strahlendes Eisblau kaum noch zu sehen ist. Lediglich ein schmaler Kranz umrahmt seine geweiteten Pupillen.

»Wenn wir jetzt nicht aufhören, kann ich nicht mehr zurück, Eva.«

In einem letzten lahmen Versuch meldet sich mein Verstand, der mir sagt, dass wir einen Fehler machen. Noch mehr aber will ich, dass Liam nicht mehr zurückkann und so ziehe ich seinen Kopf zu mir herunter und küsse ihn.

Zuerst nur vorsichtig wird der Kuss schnell leidenschaftlicher, als könnten wir unsere Ängste damit abstellen. Liam umfasst das erste Mal meine Brust und streicht über den aufgerichteten Nippel, was mich leise aufkeuchen lässt. Währenddessen wandern seine Lippen von meinem Mund zu meinem Ohr, wo er leicht in das Ohrläppchen beißt und über meinen Hals weiter hinabwandert.

Als er eine meiner Brustwarzen in seinen Mund zieht und daran saugt, kann ich mein Stöhnen nicht länger zurückhalten. Ich habe das Gefühl, als würde mein Blut beginnen zu kochen und heiß durch jede meiner Venen fließen, um sich an diesem einen bestimmten Punkt zwischen meinen Beinen zu bündeln. Willig biege ich meinen Rücken durch und komme den Berührungen seiner Zunge entgegen, die sich Stück für Stück nach unten arbeitet. Seine Finger hat er rechts und links unter mein Höschen gehakt, um mir dieses auszuziehen. Um es ihm leichter zu machen, hebe ich meinen Po. Da er zwischen meinen Beinen kniet, ist es mir unmöglich diese zusammenzukneifen, und so muss ich seinen eindringlichen Blick, zwischen meine Beine über mich ergehen lassen. Ein Blick, der meine Klit noch heftiger pochen und mich noch feuchter werden lässt. Hauchzart streifen seine Hände an den Innenseiten meiner Oberschenkel hoch und spreizen meine Beine noch weiter, bevor er seinen Kopf herunterbeugt und seine Zungenspitze meine Klit berührt.

Das Gefühl lässt mich wie bei einem Stromschlag zusammenzucken. Habe ich mich bisher zurückgehalten, stöhne ich meine Lust nun laut heraus und kralle meine Hände in Liams Haar, um ihn noch näher an mich zu ziehen. Immer wieder umrundet seine Zunge meine Perle und er führt zusätzlich zwei Finger in meine nasse Spalte ein. Als er fühlt, wie bereit ich für ihn bin, stöhnt er seinen heißen Atem gegen meine Perle, was das fast schmerzhafte Pochen noch unerträglicher macht.

Unruhig winde ich mich unter ihm und möchte ihn anflehen, den aufgestauten Knoten aus Lust endlich zum Platzen zu bringen.

»Liam. Bitte.«

Quälend langsam bewegen sich seine Finger in mir und berühren den Punkt, der mich zum Erzittern bringt. Indessen saugt er ununterbrochen an meiner geschwollenen Klit und neckt sie mit seiner Zungenspitze. Bis ich mich, mit den Händen in das Bettlaken gekrallt, aufbäume und der Orgasmus mit einer unbeschreiblichen Intensität über mich hinwegrollt.

Weiterhin schwer atmend, öffne ich die Augen und sehe, wie Liam seine Shorts abstreift und sich ein Kondom überzieht.

Wow … Sein Penis ist wirklich so groß, wie es durch die Hose hindurch den Anschein gemacht hat. Steil ragt er mit dicken Adern überzogen von Liams Körper ab. Einen kurzen Augenblick habe ich Angst, er könnte mir wehtun, schließlich ist mein letztes Mal schon … na ja, ziemlich lange her. Liam schiebt sich über mich und streicht mir eine Haarsträhne aus meinem verschwitzten Gesicht, wobei er seine Lippen zärtlich auf meine legt.

Fast ängstlich dringt er mit seiner Zunge in meinen Mund, gleichzeitig setzt er seine Spitze an meinen nassen Eingang und beginnt, sich ebenso vorsichtig in mich zu schieben. Das Gefühl, wie er sich Zentimeter für Zentimeter in mich gräbt, mich dehnt und immer weiter ausfüllt, ist mit nichts je Dagewesenem zu vergleichen. Liams zitternder Körper verrät mir, wie sehr er sich zurückhält, dabei kann ich es – wie er – kaum erwarten, dass er endlich ganz in mir ist. Daher vergrabe ich meine Nägel in seinem festen Hintern und ziehe ihn näher zu mir. Als hätte er nur darauf gewartet, versenkt er mit nur einem festen Stoß seine ganze Länge in mir, was uns beide aufkeuchen lässt.

Einen kurzen Moment lang, in dem ich mich an seine Größe gewöhnen kann, sieht Liam mich mit einer nie da gewesenen Intensität an. Ohne mich aus den Augen zu lassen, zieht er sich aus mir zurück, um sich erneut in mir zu versenken. Bis seine Bewegungen unter unserem Keuchen und dem Geräusch von aufeinanderklatschender Haut immer schneller werden. Liams Kiefer ist angespannt und der Schweiß läuft ihm an seinem Hals herab, als ich seine Finger an meiner Klit spüre.

»Komm mit mir, Eva.« Und als würde mein Körper mehr auf ihn als auf mich hören, springe ich mit ihm, als er, meinen Namen stöhnend, seinen Kopf in den Nacken wirft und ein letztes Mal in mich pumpt.

***

Die Augen noch nicht geöffnet, verspüre ich eine kochende Hitze unter mir. Zwischen meiner Wange und dem, was sich darunter befindet, hat sich eine Pfütze aus Schweiß und vielleicht auch Sabber gebildet.

Unter dem, was sich darunter befindet? Ruckartig schrecke ich hoch, reibe meine Wange trocken und blicke auf *das darunter*, wo ich wohlgeformte, leicht gebräunte Haut sehe. Liam, er ist noch hier. Oh Gott, wie verhalten wir uns denn jetzt?

Vorsichtig, um ihn nicht zu wecken, richte ich mich auf und sehe über meine Schulter in sein Gesicht, in dem ein schiefes Grinsen steht.

»Hey.«

Offensichtlich weiß auch er nicht, was er sagen soll.

»Hey.« Verunsichert streiche ich mir mit der Hand durch die Haare. Sag was Eva, irgendwas! Nach irgendeinem schlauen Spruch suchend, deute ich auf seinen Bauch, auf dem soeben noch mein Gesicht gelegen hat. »Du bist ganz schön heiß.«

Sein Grinsen wird noch breiter. »Danke. Du bist aber auch ziemlich heiß.«

Irritiert brauche ich einen Moment, um die Doppeldeutigkeit zu verstehen, grinse ihn dann aber ebenfalls an. Egal, was jetzt kommt, ich brauche Kaffee, sonst kann ich keinen klaren Gedanken fassen. Also raffe ich die Decke um mich zusammen, stehe auf und gehe in Richtung der Zimmertür. Bevor ich den Raum verlasse, drehe ich mich noch einmal um.

»Willst du auch einen Kaff…« Liam liegt so, wie Gott ihn schuf, in meinem Bett und scheint keinerlei Probleme damit zu haben. Wie gestern gleitet mein Blick an seinem verbotenen Körper entlang, an dem sich nicht ein Makel zu befinden scheint.

»Was denn?« Lässig verschränkt er die Arme hinter seinem Hinterkopf. »Du hast mir die Decke weggenommen. Und ja, ich hätte auch gerne einen Kaffee.«

Verstört gehe ich ohne ein weiteres Wort in die Küche, um uns einen Kaffee zu machen. Keine Ahnung, was ich von dem heutigen Morgen erwartet habe. Dass er nicht mehr da ist? Dass er mir erklärt, dass das ein Fehler war? Irgendwas in die Richtung. Zumindest nicht damit, dass er sogar noch hierbleiben will und keine Anstalten macht, panisch die Wohnung zu verlassen.

Leider muss ich mir eingestehen, dass sich mein Magen auf unangenehme Weise zusammenzieht, wenn ich daran denke, wie es jetzt mit uns weitergehen wird. Liams Einstellung ist mir wohlbekannt. Allein der Gedanke an eine Beziehung jagt ihm aus für mich unerfindlichen Gründen eine Heidenangst ein. Stattdessen bedient er sich an den willigen Frauen, die sich ihm anbieten. Lieber hechtet er von Bett zu Bett, immer darauf bedacht, dass ihm besagte Damen nicht zu nahe kommen. Wenigstens ist er immer ehrlich dabei und stellt von vornherein klar, dass er mehr als das nicht zu geben bereit ist. Nur jetzt bei mir hat er vorweg gar nichts klargestellt. Was auch daran liegen könnte, dass er es eigentlich gar nicht wollte.

Vermutlich sollte ich mich erst einmal fragen, was ich will, bevor ich mir über Liams Wünsche den Kopf zerbreche. Das heißt, ich weiß natürlich, was ich will, das, was ich eigentlich schon immer von ihm wollte. Nein, das, was mein Herz will, mein klarer Verstand mir aber immer wieder aufs Neue auszureden versucht. Der gestrige Abend beweist dann wohl, dass mein Verstand nicht allzu überzeugend ist.

Gänsehaut überzieht mich, als ich aus meinen Überlegungen aufschrecke, weil ich Liams warmen Körper ganz nah hinter mir spüre. Er stützt seine Arme links und rechts von mir auf der Arbeitsfläche ab, wobei sein warmer Atem mein Ohr streift, was unmittelbar ein erwartendes Kribbeln in meinen Unterleib sendet.

»Du musst die Kaffeemaschine auch anstellen, Eva.« Dazu drückt er den Knopf der Maschine, die daraufhin dröhnend beginnt, das Wasser zu erhitzen.

Durchweg verunsichert, was ich jetzt tun oder sagen soll, starre ich auf die Tassen vor mir, die sich langsam mit Kaffee füllen. Das haben wir jetzt davon, unser Zusammensein war immer alles Mögliche, aber bestimmt nicht verkrampft, und jetzt? Jetzt wissen wir offenbar beide nicht, was wir sagen sollen.

»Der Kaffee ist fertig.« Ich nehme die Tassen von der Maschine und gieße mit zitternden Fingern Milch dazu. Verdammt, ich bin doch sonst nicht auf den Mund gefallen. Der Kaffee ist fertig – ehrlich jetzt?

»Eva.« Ich drehe den Kopf leicht nach links, um Liam zu zeigen, dass ich ihm zuhöre, jedoch nicht weit genug, um ihn ansehen zu können. »Bitte sag mir nicht, dass du das, was passiert ist, bereust. Das könnte ich nicht ertragen.«

Verwundert drehe ich mich noch immer zwischen ihm und der Arbeitsplatte eingekeilt zu ihm um und sehe ihm direkt in seine wunderschönen Augen. Noch nie habe ich diesen verletzlichen Klang in seiner Stimme gehört.

»Nein … Nein, ich bereue es nicht. Wie könnte ich.« Kurz glaube ich, dass sein Körper an Spannung verliert, so als würde eine Last von ihm abfallen. »Aber ich habe Angst vor dem, was jetzt mit uns passiert.«

Liam nimmt eine meiner Haarsträhnen und dreht sie um seinen Finger, so wie ich es oft unbewusst tue.

»Zuerst trinken wir unseren Kaffee und dann fahre ich nach Hause. Da ich nicht geplant hatte, über Nacht zu bleiben, habe ich keine Wechselsachen dabei.« Grinsend schiebt er mir die Strähne hinters Ohr. »Und heute Abend vor dem Essen kommst du wie immer bei mir vorbei und wir fahren zusammen zu meinen Eltern.«

Mehrmals blinzelnd sehe ich ihn an. Wie, und das war es dann? Einfach alles auf Anfang und wir tun so, als hätte es den Abend nie gegeben? Ich will gerade protestieren, als er weiterspricht.

»Lass uns nicht gleich alles analysieren und sehen, wo es uns hinführt, okay? Für mich kam das genauso unvorhergesehen, das kannst du mir glauben.« Damit stößt er sich schwungvoll von der Arbeitsplatte ab, nimmt unsere beiden Tassen und geht in Richtung Couch. Nicht jedoch ohne mir ein »Du schnarchst übrigens« über seine Schulter zuzuwerfen. Wohlwissend, dass er damit die angespannte Stimmung auflockern will, wofür ich ihm dankbar bin.

Lachend folge ich ihm zur Couch. »Und du sabberst im Schlaf.«

Liam sitzt bereits und lässt seinen Blick anzüglich über meinen Körper gleiten, der noch immer nur in eine Bettdecke gewickelt ist.

»Das liegt daran, dass du mich zum Sabbern bringst.«

KAPITEL 7

Eva

Angespannt atme ich noch einmal tief durch die Nase ein und durch gespitzte Lippen wieder aus. Seit geschätzten fünf Minuten stehe ich jetzt vor Liams Haustür und traue mich nicht, die beschissene Klingel zu betätigen.

Was ist, wenn wir doch einen riesen Fehler gemacht haben? Wenn wir beide merken, nein, wenn Liam merkt, dass es eben doch wieder nur unbedeutender Sex für ihn war. Werden wir dann je wieder so miteinander umgehen können wie vor gestern Abend? Können wir dann jemals wieder so frei und zwanglos miteinander lachen?

Das Thema um andere Männer und Frauen haben wir seit eh und je überwiegend ausgeklammert. Irgendwie war es von Anfang an klar, dass ich keine von seinen und er keine von meinen Geschichten hören will. Wenn es bei mir denn welche geben würde.

Natürlich ließ sich das Thema nicht immer vermeiden, aber wir sind nie ins Detail gegangen. Ich für meinen Teil weiß auch, warum ich nie etwas von seinen Bettgeschichten hören wollte, und genau da liegt das größte Problem …

Wie lange will ich eigentlich noch vor dieser dämlichen Tür stehen, durch die ich bis gestern ein- und ausgegangen bin, als wäre es mein zweites Zuhause? Aber wie begrüße ich ihn denn jetzt? Nehme ich ihn wie sonst kurz in den Arm, oder gehe ich einfach an ihm vorbei? Oder … küsse ich ihn vielleicht?

SCHEISSE!

Blitzartig wird die Tür vor mir aufgerissen und Liam zieht mich an einem Arm stürmisch ins Haus, wo er die Tür schwungvoll wieder zuwirft und mich mit seinem Körper gegen die Wand drückt. Völlig von ihm überrumpelt starre ich ihn, ohne ein Wort zu sagen, an.

»Sagte ich heute Morgen nicht irgendwas in die Richtung, dass du nicht zu viel nachdenken sollst?«

Hä?

»Nein, du sagtest, wir sollen nicht alles analysieren.«

Mit einer hochgezogenen Augenbraue sieht Liam mich prüfend an.

»Ich sehe dir seit über fünf Minuten dabei zu, wie du eine Spurrille in den Fußboden vor meiner Haustür latschst und dir dabei geschätzte einundvierzig Mal die Hände an deiner Hose abgewischt hast.«

Ertappt lasse ich den Kopf hängen, den er sogleich mit seinem Zeigefinger wieder anhebt und mir ins Gesicht sieht.

»Tu das nicht, Eva, mache das, was wir haben, nicht mit deinem ständigen Gegrübel kaputt.«

»Und was wenn … wir uns genau das mit gestern kaputt gemacht haben?«

Liam streicht mit seinem Daumen über meine Unterlippe, die sofort zu kribbeln beginnt.

»Es hat gar nichts kaputt gemacht, dafür war es viel zu schön.« Sein Blick wandert von meinem Mund höher und endet genau in meinen Augen.

Diese Worte aus seinem Mund zu hören, lassen mein Herz wie verrückt schlagen und füttern den klitzekleinen Funken in mir, den ich seit Jahren versuche, kleinzuhalten. Mit dem Verstand weiß ich, dass ich es sein werde, die am Ende als Verliererin aus dieser Geschichte heraustritt, und doch ignoriere ich die warnende Stimme in meinem Kopf. Ich lege meine Hand an seine Wange und schiebe sie in seine weichen Haare.

»Ja. Das war es.«

Zaghaft ziehe ich Liam zu mir und küsse ihn. Fahre mit meiner Zungenspitze die Konturen seiner Lippen nach, die er mir bereitwillig öffnet, um mir mit seiner entgegenzukommen. Jeder Schlag seiner Zunge fährt mir direkt in den Unterleib und lässt meine Klit heiß pochen. Ich spüre bereits die Feuchtigkeit, die sich zwischen meinen Schenkeln bildet. Und als würde mein Körper sich von meinem Geist trennen, als würde ich nur noch daneben stehen und mir lediglich zusehen, ziehe ich erst Liam und dann mir das Oberteil über den Kopf. Sofort ziehe ich ihn wieder an meinen Körper und merke, wie sein Brustkorb sich in schnellem Takt hebt und senkt. Spüre, wie er seinen voll erigierten Schwanz lasziv an meinem Bauch reibt. Gierig hebt er meine Brüste aus ihren Cups und zwickt mir zärtlich in meine aufgestellten Nippel, die sich ihm entgegenrecken. Seine Zunge fährt mir über den Kiefer, an meinem Hals hinab, über das Schlüsselbein, bis er endlich eine meiner Brustwarzen in seinen

Mund saugt. Schwer atmend, lasse ich meinen Kopf nach hinten gegen die Wand fallen und gebe mich den Empfindungen hin, die Liam in mir auslöst. Meine Haut scheint unter seinen Berührungen zu verbrennen und ich sehne mich danach, ihn endlich in mir zu spüren. Schnell öffne ich meine Hose und schiebe sie mitsamt meines Höschens bis an die Knie herunter. Mit strampelnden Beinen streife ich meine Stiefeletten ab und versuche, meine Hose das restliche Stück auszuziehen. Bis Liam grinsend einen Fuß auf meiner Hose abstellt, sodass es mir endlich gelingt. So vertraut und doch völlig neu.

Sanft drängt er sein Knie zwischen meine Beine und reibt den rauen Stoff seiner Jeans an meiner empfindlichen Klit. Mit vor Erregung zitternden Fingern öffne ich die Knöpfe seiner Hose, schiebe meine Hand in seine Shorts und umfasse seinen Schwanz, was ihn lustvoll aufstöhnen lässt. Er fühlt sich hart und zart zugleich an. Langsam beginne ich, meine Hand auf und ab zu bewegen, wobei ich Liams Blick festhalte, um keine seiner Reaktionen zu verpassen. Gott wie schön er ist, wenn sein Blick vor Erregung scheinbar ins Leere geht, seine vom Küssen geschwollenen Lippen leicht geöffnet sind und nur sein leises Keuchen zu hören ist. Er schiebt sich die Hosen über seinen Hintern, legt sich meinen linken Oberschenkel um die Hüfte und führt die Spitze seines harten Schwanzes über meine verlangend pochende Perle. Bis zu meinem mehr als bereiten Eingang.

»Scheiße, ich hab das Kondom vergessen.« Er will sich von mir lösen, doch ich halte ihn zurück.

»Ich nehme die Pille.« Mit gerunzelter Stirn sieht Liam mich an. »Bitte. Ich vertraue dir.«

Meine Worte noch nicht ganz ausgesprochen, versenkt Liam seine gesamte Länge mit einem einzigen tiefen Stoß in mir, was mich vor Lust und Schmerz gleichermaßen aufstöhnen lässt.

»So, du nimmst also die Pille?«

Irritiert über seine mit leiser, fast gefährlicher Stimme gestellten Frage sehe ich ihn irritiert an. Eng an mich gepresst, lässt er seine Hüften kreisen, was sowohl seinen harten Schwanz in mir bewegt als auch meine empfindliche Klit reizt. Statt zu antworten, nicke ich nur, woraufhin er auch meinen anderen Schenkel anhebt und ihn um seine Hüfte legt. Aus Angst, dass er mich nicht halten kann, presse ich mich eng an ihn und umgreife seinen Nacken. Unterdessen zieht er sich aus mir zurück, um sich sofort wieder tief in mich zu bohren, wobei mein Rücken unsanft gegen die Wand prallt. Immer schneller, immer wilder treibt er sich in mich, wobei sein Griff an meinen Schenkeln so eisern wird, dass es schmerzt. Doch anstatt dass es mich stört, erregt es mich nur noch mehr, dass Liam sich völlig zu vergessen scheint.

Angestrengt keuchend, vergräbt er sein Gesicht in meiner Halsbeuge, zieht mich noch fester an sich, um noch tiefer in mich einzudringen, und lässt mich damit in tausend Teile zerspringen. Nur einen weiteren Stoß später folgt Liam mir laut stöhnend und ich fühle, wie er sich pumpend in mir entlädt.

Sein Gesicht noch immer in meiner Halsbeuge vergraben, hebt und senkt sich Liams Brustkorb immer langsamer, bis er schließlich wieder normal atmet. Erst jetzt entzieht er sich mir, was ein ungewohntes Gefühl der Leere in mir zurücklässt, und setzt meine Beine ab.

»Und jetzt erklärst du mir, warum du die Pille nimmst!«

Ich rücke mit meinem Hals von ihm ab, um ihn ansehen zu können.

»Was?« Dann macht es Klick. »Ah. Du fragst dich, was die mit den Spinnenweben vorm Loch mit der Pille will, oder?«

Er versucht gar nicht erst, sein Grinsen zu unterdrücken.

»Das hast du jetzt gesagt. Und warum?«

Ich schiebe ihn von mir weg, richte meinen BH und bücke mich nach meinem Pullover, um mich damit bedecken zu können.

»Weil sie einen unregelmäßigen Zyklus hat. Sonst noch irgendwelche Fragen?«

»Nein, mit der Antwort kann ich leben.« Während er seine Hose schließt, bewundere ich noch schnell das Spiel seiner Brust- und Bauchmuskulatur, bevor ich an ihm vorbei in Richtung der Toilette gehe. Ehe ich den Flur verlasse, lacht Liam auf, was mich noch einmal zu ihm sehen lässt. »Und da meckern die Frauen immer über die Männer, die im Bett ihre Socken anlassen.«

Fragend sehe ich an mir herunter … oh Gott. Mit offen stehendem Mund und großen Augen sehe ich wieder zu ihm auf. »Ich bin Al Bundy.«

Lachend wirft Liam seinen Kopf in den Nacken, bevor er wieder zu mir sieht. »Ja Baby, das bist du wohl.«

Wenig später betrete ich gesäubert und wieder vollständig bekleidet das ausladende Wohnzimmer. Dieser Raum nimmt fast das gesamte Erdgeschoss in Liams Stadtvilla ein. Die Küche, das Bad und der Flur sind im Vergleich dazu sogar recht klein. Die Außenwände des Wohnzimmers bestehen komplett aus Glas, sodass man direkt über die große Terrasse in den Garten blicken kann.

Links, direkt vor der Fensterfront, steht die große Wohnlandschaft, auf der auch ich schon die ein oder andere Stunde geschlafen habe. Ihr gegenüber hängt ein riesiger Flachbildfernseher und Liams heiß geliebte Anlage. Wenn man auf der Couch sitzt und nach oben sieht, kann man die Galerie sehen, auf der Liams Schreibtisch steht.

Rechts von mir befindet sich ein großer Esstisch, der meistens von Unmengen an Unterlagen überlagert wird. Sowohl vom Esstisch als auch vom Flur aus kommt man in die Küche, wo auch ich nun hingehe, da Liam nicht im Wohnzimmer ist.

Er sitzt am Tresen und krempelt sich die Ärmel seines Hemdes zu den Ellenbogen hoch, wobei ich das Spiel seiner Sehnen in den Unterarmen beobachten kann. Am liebsten würde ich gleich noch einmal über ihn herfallen, so als hätte ich Angst, dass das mit uns ganz schnell wieder vorbei sein wird. Als würde ich alles, was er mir zu geben bereit ist, aufsaugen wollen, um möglichst lange davon zu zehren.

»Hey, hast du Durst? Wir müssen auch schon gleich los.«

Ich blicke hoch und begegne seinem warmen Blick, ich muss einfach wissen, was das hier für ihn bedeutet. Er sagte, wir sollen nicht alles analysieren, aber wenn ich gar nicht weiß, woran ich bei ihm bin, werde ich wahnsinnig. Also setze ich mich neben ihn an den Tresen und trinke einen Schluck von dem Wasser, das er mir eingeschenkt hat.

»Liam.« Ich wende meinen Blick ab, um ihn nicht sehen zu lassen, was sich gerade in mir abspielt. »Sei bitte ehrlich und sag mir, was das hier wird.« Mein Herz schlägt so schnell, dass ich den Pulsschlag in meinem Hals spüren kann. Ich muss es wissen und doch habe ich unglaubliche Angst vor seiner Antwort.

Er rutscht von seinem Hocker, stellt sich eng an mich gepresst zwischen meine Beine und nimmt mein Gesicht in seine Hände.

»Eva, ob du es glaubst oder nicht, aber ich mache mir genauso meine Gedanken wie du. Ich habe das ganz bestimmt nicht geplant und bin auch nicht besonders gut darin. Das letzte Mal, als ich es versucht habe, ist schon eine ganze Weile her … aber ich will mit dir zusammen sein.« Prüfend sieht er mir tief in die Augen. »Willst du das denn auch?«

Ich weiß, ich brauche ihm nicht zu antworten, Liam kennt mich gut genug, um mich auch ohne Worte zu verstehen. So zart, dass es kaum spürbar ist, küsst Liam mir die Träne vom Augenwinkel, von der ich gehofft habe, dass er sie nicht sieht. Streift mit seinen Lippen über mein Augenlid und über meine Nase, bis er sanft küssend, auf meinem Mund landet. Dieser Kuss ist voller Gefühl und nicht so leidenschaftlich wie die vorigen, trotzdem schießt mir jede noch so leichte Berührung seiner Zunge direkt zwischen die Beine. Erst als er seine Lippen von mir löst, nimmt mein Gehirn wieder seine Arbeit auf. Er will mit mir zusammen sein …

Die Erleichterung, die mich nach seinen Worten durchströmt, kommt fast dem Gefühl eines Orgasmus gleich und ich strahle ihn glücklich an. Liam hebt meine Hand an seine Lippen und küsst sie, bevor er mich vom Stuhl in Richtung Haustür zieht. Richtig, das Essen bei seinen Eltern.

Ich stehe bereits draußen, um auf ihn zu warten, als mir noch einmal seine Worte durch den Kopf gehen. »Das letzte Mal, als ich es versucht habe, ist schon eine ganze Weile her … aber ich will mit dir zusammensein.«

Wie, das letzte Mal?

KAPITEL 8

Eva

»Hey.« Isa nimmt mich zur Begrüßung rasch in die Arme und tritt gleich darauf zur Seite, damit ich reinkommen kann. Noch gestern Abend nach dem Essen bei Ella und Matt hat sie mich angerufen und gefragt, ob ich heute nach der Arbeit bei ihr vorbeikommen könnte. Sie hat nicht gesagt, worum es geht, aber ich kann es mir denken.

Niemand kennt Liam und mich und vor allem unseren Umgang miteinander besser als Isa und Aiden. Da Liam und ich selbst noch völlig überfordert mit der neuen Situation sind, wollten wir die Bombe nicht gleich gestern Abend, vor allen, platzen lassen. Wir haben uns eingebildet, dass alles wie immer ist, haben aber offenbar die Beobachtungsgabe der beiden unterschätzt.

Ich gehe in die Küche und setze mich an die Kochinsel in der Mitte des Raumes, wobei ich meinen suchenden Blick durch den Raum und durch die offen stehende Tür ins Wohnzimmer wandern lasse.

»Wo sind denn alle?«

»Ethan schläft, Emily ist bei Ella und Aiden arbeitet noch.«

Sie füllt uns zwei Sektgläser und schiebt mir eines über die Insel zu.

»Ich nehme an, du darfst etwas trinken? Sollte es zu viel sein, kannst du doch bestimmt ein paar Blocks weiter unterkommen.«

Aha, damit wäre mein letzter Funken Hoffnung, dass sie einfach nur etwas mit mir trinken will, dann im Keim erstickt und sie ist sauer. Entweder, weil ich es ihr noch nicht erzählt habe, oder aber, weil ich so bescheuert bin und mich auf das Spiel mit dem Feuer einlasse. Oder wegen beidem.

Isa und ich kennen uns, seit wir kleine Kinder waren. Nach dem Tod meiner Mutter sind wir zusammengezogen und sie wurde so viel mehr für mich als nur eine Freundin. Sie wurde zu meiner Familie. Als ich es zwei Jahre später nicht mehr in Greenville ausgehalten habe, ist sie, ohne auch nur darüber nachzudenken, mit mir nach Chicago gekommen und hat dafür ihre Eltern zurückgelassen. Wie oft hat mich deswegen das schlechte Gewissen geplagt. Umso glücklicher bin ich darüber, dass sie Aiden gefunden hat, und ja, auch die beiden hatten ihre Anlaufschwierigkeiten.

»Ich wollte es dir ja sagen, nur nicht gleich gestern vor Ella und Matt.«

»Du hättest mich auch gestern Nachmittag anrufen können.«

»Da wusste ich doch selbst noch nicht, was genau das mit uns ist.«

Isa streicht sich in einer ratlosen Geste durch die Haare. »Warum muss es denn ausgerechnet Liam sein?«

Was soll ich darauf antworten? Dass ich weiß, wie bescheuert das ist? Dass mir bewusst ist, dass ich mit an Sicherheit grenzender Wahrscheinlichkeit mit gebrochenem Herzen daraus zurückbleibe? Statt zu antworten, nehme ich einen großen Schluck aus meinem Sektglas.

»Warte, das war eine rhetorische Frage. Eigentlich wundert es mich eher, dass es nicht schon viel früher passiert ist.« Grinsend hebt sie ihren Blick. »Und? Wie ist er so?«

Augenblicklich grinse ich zurück und erzähle ihr alles, von dem Ankommen in meiner Wohnung nachdem wir die Gala verlassen haben, über die Nacht und über unser Gespräch, bevor wir zu Ella und Matt gefahren sind. Allerdings bemühe ich mich, nicht zu sehr ins Detail zu gehen, schließlich soll sie Liam auch in Zukunft noch begegnen können, ohne dabei rote Ohren zu bekommen. Inzwischen haben wir die erste Sektflasche geleert und Isa öffnet umständlich eine weitere.

»Sag mal, weißt du, ob Liam mal in einer Beziehung war?«

Sie unterbricht ihre Mission Umständliches-Flaschen-Öffnen und sieht mich fragend an. »Liam? Sicher nicht. Wie kommst du darauf?«

»Ach, er hat da gestern was von schon lange her oder so was gefaselt und ich dachte, dass Aiden vielleicht mal was erwähnt hat. Vielleicht hab ich ihn auch einfach nur falsch verstanden.«

Isa füllt erneut unsere Gläser, obwohl es mir schon bis kurz vor knapp im Hals steht und eine weitere Stunde später ist auch die zweite Flasche leer. An Auto fahren ist heute wirklich nicht mehr zu denken.

»Scheiße, ich muss morgen arbeiten.« Das Sektglas in der einen Hand, grabe ich mit der anderen in meiner Handtasche und suche mein Handy. Wen rufe ich jetzt an? Ein Taxi, das mich nach Hause bringt, oder doch Liam?

Da Aiden noch immer nicht hier ist, kann ich davon ausgehen, dass auch Liam noch in der Firma ist. In meiner Überlegung leere ich das Glas in einem Zug.

»Du vögelst mit deinem Chef, da wird's wohl kein Problem sein, wenn du einmal zu spät kommst.«

Prustend entleert sich der Sekt aus meinem Mund quer über das Ceranfeld vor mir, bis hin zu Isas Shirt, die mit angewidert verzogenem Mund an sich herunter und dann zu mir sieht.

Entschuldigend grinse ich sie an, hüpfe vom Barhocker zur Spüle und werfe ihr das Geschirrtuch zu, damit sie sich trockenlegen kann.

»Dann sollte ich das aber vielleicht noch vor morgen tun, damit es keinen Ärger gibt.« Damit drücke ich Liams Namen auf meinem Handydisplay und bereits nach dem ersten Klingeln nimmt er ab.

»Hey, ich hätte dich auch noch angerufen. Ich fahre gerade erst nach Hause.«

»Nimmst du mich mit?«

»Was? Wohin?«

»Zu dir. Ich bin, äh … bei Isa.«

Er lacht leise ins Telefon und jagt mir allein damit einen angenehmen Schauer über den Körper.

»Hast du getrunken?«

»Nein! Wie kommst du darauf?«

»Gib mir zehn Minuten, dann bin ich da.«

Etwa zwanzig Minuten später stehe ich unschlüssig in Liams Schlafzimmer vor seinem Bett. Natürlich habe ich dieses Zimmer auch schon vorher gesehen, aber noch nie habe ich in seinem Bett gelegen.

Er ist noch unten und telefoniert mit William Carter, einer der Abteilungsleiter, der die Vorauswahl für die Investitionen macht. Die letzte Entscheidungsvollmacht über Zuschlag oder Ablehnung liegt ausschließlich bei Liam und Aiden. Soweit ich es mitbekommen habe, hat Carter seine Kompetenz etwas überbewertet und einem Bewerber bereits fest zugesagt. Wenn ich den Klang in Liams Stimme richtig deute, ist er sauer, mächtig sauer. Ist es irgendwie krank, wenn mich das anmacht?

Ich trete an das Bett heran, das mir von der Höhe her fast bis zur Hüfte geht und schlage die Decke zurück, wodurch mir Liams unverkennbarer Duft in die Nase steigt.

Sein Körper plötzlich unmittelbar hinter mir lässt mich erschrocken zusammenzucken.

»In diesem Bett darf man nur nackt schlafen.«

Ich drehe mich zu ihm um und setze mich auf die Bettkante.

»Und wie vielen Frauen hast du das schon gesagt?« Scheiße, was soll das denn jetzt? Erstens will ich es gar nicht wissen und zweitens will ich nicht so sein. Ich kenne seinen Lebenswandel zur Genüge und wusste, worauf ich mich einlasse.

»Tut mir leid, vergiss es einfach, ja?!«

Versöhnlich lächle ich ihn an, was er nach wenigen Sekunden erwidert, bevor er ins Badezimmer verschwindet.

KAPITEL 9

Liam

Behutsam, um sie nicht zu wecken, lege ich mich ebenfalls nackt zu Eva unter die Decke. Zwar habe ich nur einen Spaß gemacht, als ich sagte, dass sie nur unbekleidet in das Bett dürfte, aber natürlich habe ich nichts dagegen. Ich rutsche nah an ihren Rücken und schließe genießerisch die Augen, als die Wärme ihrer Haut auf mich übergeht. Lege meinen Arm um ihre Taille und vergrabe meine Nase in ihr immer nach frischem Flieder duftendes Haar. Sie seufzt zufrieden und greift nach meiner Hand, um sie an ihre Brust zu führen, deren Nippel sich allein unter dieser einfachen Berührung fest zusammenzieht. Lustvoll reibt sie ihren Hintern an meinem Schwanz, der sofort reagiert und unter ihrem Druck hart wird. Ihre Schulter küssend, knete ich ihre schwere Brust, die wie für meine Hand gemacht ist, und zwirble den empfindlichen Nippel zwischen Daumen und Zeigefinger, was sie leise aufstöhnen lässt. Allein dieses sinnliche Seufzen lässt mich noch härter werden. Hätte ich schon vorher gewusst, dass sie sich so anhören kann, ich hätte nicht so verdammt lange darauf verzichten wollen.

Nach wie vor reibt sie ihren göttlichen Arsch an mir, bevor sie sich umdreht und ihre Hand um meinen Schwanz legt, was mich gequält aufstöhnen lässt. Langsam bewegt sie ihre Hand hoch und runter und verstreicht mit ihrem Daumen die Lusttropfen auf meiner pulsierenden Eichel. Bis sie mich auf den Rücken drückt und ihre Hände auf meinen Unterarmen links und rechts neben mir abstützt. Fast zu sanft fährt sie mit ihrer Zungenspitze die Konturen meiner Lippen nach, bevor ich ihr mit meiner Zunge entgegenkomme. Ich hebe mein Bein, über dem sie kniet, und reibe es an ihrer Pussy, woraufhin sie unseren Kuss leidenschaftlicher werden lässt. Ihre Nippel streifen über meine Brust und ziehen ein Kribbeln auf meiner Haut nach sich, dabei spüre ich ihre Nässe an meinem Bein, sodass mein Schwanz schon anfängt zu zucken. Evas Atem geht immer abgehackter, während sie ihre Klit gierig an meinem Bein reibt und mich tief küsst. Gefühlt wird sie immer feuchter, bis sie am ganzen Körper zuckend, in meinen Mund stöhnt und sich erschöpft auf mich sinken lässt.

»Das war gut, danke. Gute Nacht.«

»Wie bitte?« Das meint sie doch wohl nicht ernst, oder? Mein Schwanz ist schmerzhaft hart und pochend heiß. Doch bevor ich weiter nachdenken kann, hat Eva sich bereits nach unten geschoben und leckt über meine pralle Eichel, was mich reflexartig von der Matratze hochschrecken und ihren Namen stöhnen lässt.

Saugend stülpt sie ihre Lippen um meinen Schwanz, derweil massiert sie mit einer Hand meine Eier. Im schwachen Licht des Mondes kann ich nur ihre Silhouette ausmachen, sodass ich das Nachtlicht einschalte, um sie ansehen zu können. Gott, sie ist so vollkommen.

Wie von selbst schiebt sich meine Hand in ihr Haar, woraufhin sie mich das Tempo vorgeben lässt. Immer schneller hebt und senkt sie ihren Kopf und nimmt meinen Schwanz mit jedem Mal tiefer in den Mund. Dabei blickt sie unter ihren langen Wimpern zu mir auf und lässt mich bis auf den Grund ihrer wunderschönen Seele blicken.

Ruckartig ziehe ich sie zu mir hoch, wo sie meinen Schwanz unmittelbar an ihren feuchten Eingang führt. Ich kann den Blick kaum von meinem Schwanz an ihrer Pussy abwenden. Dennoch sehe ich zu ihr hoch, um keine noch so kleine Regung auf ihrem Gesicht zu verpassen, während sie sich langsam sinken lässt.

Oh fuck, sie ist so verdammt eng.

Stöhnend drücke ich den Kopf in die Matratze, presse meine Kiefer aufeinander und drücke meine Hände in die weiche Haut ihrer Hüften, um nicht sofort in ihr zu kommen.

Ohne uns beiden Zeit zu geben, stützt sie sich rechts und links von mir ab und beginnt damit, ihre Hüften zu kreisen. Ich streichle von ihren Hüften, über ihren Rücken bis in ihren Nacken und ziehe ihren Kopf zu mir herunter. Grob dringe ich mit meiner Zunge in ihren Mund, was sie zum Anlass nimmt, sich in gleichem Rhythmus auf meinem Schwanz auf und ab zu bewegen. Evas Keuchen wird immer lauter und ich fühle mich wie ein Fünfzehnjähriger beim ersten Sex, weil allein das reicht, um mich zum Zittern zu bringen. Um nicht ohne sie zu kommen, schiebe ich eine Hand zwischen uns und reibe mit meinem Daumen über ihre pralle Perle. Sie richtet sich auf, stützt sich mit ihren Armen auf meinen Oberschenkeln ab, wodurch ich bis an ihren Muttermund stoße. Zeitgleich lässt Eva, laut meinen Namen stöhnend, ihren Kopf in den Nacken fallen, wobei ihre Muskeln sich so heftig um meinen Schwanz zusammenziehen, dass er nicht enden wollend, in sie pumpt.

Atemlos keuchend, lässt sie sich auf meinen Oberkörper fallen.

»Liam?«

»Hm.« Träge lasse ich meine Hand über ihren mit einem leichten Schweißfilm überzogenen Rücken gleiten.

»Versprich mir, dass dich nie wieder eine Frau so anfassen darf wie ich.«

Perplex schlage ich die Augen auf und starre ins Leere. Eigentlich sollte mich diese Bitte dazu bringen, schreiend wegzulaufen, doch das tut sie nicht, ganz im Gegenteil. Besorgt horche in mich hinein und höre … nichts.

In diesem Moment ist da kein Zweifel, kein Schuldgefühl und ohne weiter darüber nachzudenken, antworte ich ihr.

»Ich verspreche es dir.«

***

»Guten Morgen Mr. Benett. Mr. Stone wartet bereits in Ihrem Büro auf Sie.«

Das hat länger gedauert, als ich angenommen habe. Ich betrete mein Büro und gehe direkt zum Schreibtisch, um meine Laptoptasche und den Stapel Unterlagen in meiner Hand darauf abzulegen. Erst dann drehe ich mich zu Aiden um, der auf einem der Sessel links neben der Tür sitzt.

»Bist du hier, um mir Kaffee zu bringen oder um mir einen moralischen Vortrag zu halten?«

Aiden hebt den Kaffeebecher, der vor ihm auf dem Tisch steht, in die Höhe.

»Beides.«

Gespielt theatralisch lasse ich mich ihm gegenüber in den Sessel fallen und warte darauf, dass er loslegt.

»Warum ausgerechnet Eva?«

Als hätte ich es geahnt. Aiden hat mich gleich zu Anfang, als Eva und ich uns kennenlernten, eindringlich darum gebeten, die Finger von ihr zu lassen, und selbst mir ist klar, warum. Wir vier sind in den letzten Jahren sehr eng zusammengewachsen. Eva und ich sind Emilys und auch bald Ethans Paten und sollte das mit ihr und mir nicht funktionieren, würde es unweigerlich Veränderungen nach sich ziehen.

»Ich wollte das gar nicht.«

»Ach so.« Er schlägt sich mit der flachen Hand gegen die Stirn. »Dann hat sie sich also auf deinen schlaffen Schwanz gesetzt und dich gegen deinen Willen gevögelt?«

Ich beuge mich vor, um den Kaffee zu nehmen.

»Ja. So ungefähr würde ich es wohl beschreiben.«

»Mann, Liam.« Aiden streicht sich durch die Haare. Die gleiche dumme Angewohnheit, die auch ich habe, wenn ich kurz vor dem Verzweifeln bin. »Seit wann läuft das denn schon?«

»Seit letzten Samstag.«

»Wenn du es ernst meinst, wird sich keiner mehr für euch zwei freuen als ich, aber wenn du sie einfach nur fick…«

»NEIN!« Lauter als beabsichtigt falle ich ihm ins Wort. »Ich will sie nicht einfach nur ficken, klar!«

»Und wie geht es jetzt weiter, hast du darüber auch schon nachgedacht? Du weißt doch, wie Evas Vorstellungen für die Zukunft sind. Vielleicht nicht gleich, aber irgendwann wird sie heiraten wollen, mal ganz zu schweigen von ihren gern zitierten drei Kindern.« Er sieht mir durchdringend in die Augen, sodass ich wortlos wegsehe. »Willst du das dann auch noch?«

Aufgebracht springe ich aus dem Sessel hoch und gehe zu der großen Fensterfront, von wo aus ich auf die von hier oben klein wirkenden Autos heruntersehe.

»Das mit uns ist noch so frisch. Warum soll ich mir darüber jetzt schon den Kopf zerbrechen?«

Aiden ist mir gefolgt und stellt sich neben mich.

»Weil es nur schwerer wird, je länger ihr zusammen seid. Willst du ihr wirklich die nächsten Jahre wegnehmen, obwohl du weißt, dass du nicht der Richtige für sie bist?!«

Ich drehe meinen Kopf zur Seite und sehe ihn an.

»Oder aber, du riskierst es einfach. Erinnerst du dich noch an unser Gespräch damals, als ich mir wegen Isa unsicher war?«

Stirnrunzelnd sehe ich ihn an. Keine Ahnung, wovon er spricht.

»Du hast gesagt, ich soll es einfach probieren, weil ich sonst nie erfahren werde, ob ich nicht etwas ganz Großes verpasse. Und noch irgendwas in die Richtung, dass du es probieren würdest, wenn dich mal eine Frau zum Jammerlappen werden lässt.«

»So was Schnulziges soll ich gesagt haben?« Ich sehe wieder aus dem Fenster.

»Liam, wir reden hier von Eva. Du weißt, dass sie dazu nicht imstande wäre.«

Wie auf Kommando fährt mir die Erinnerung in den Bauch, wo sich mein Magen schmerzhaft verkrampft und ein unangenehmer Schauer baut sich in mir auf.

Nein, das wäre sie nicht.

Eine Stunde später verlässt Aiden mein Büro und lässt mich mit meinen Überlegungen zurück. Er hat recht, wenn ich nicht dazu bereit bin, irgendwann eine Familie mit Eva zu gründen, nehme ich ihr nur Zeit weg. Und damit die Möglichkeit, jemanden zu finden, der ihr genau das gerne geben würde.

Allein beim Gedanken daran, es noch einmal zu versuchen, wird mir schlecht. Bei der Vorstellung hingegen, dass irgendein anderer sie, meine Eva, anfassen könnte, möchte ich am liebsten kotzen. Oder noch schlimmer, dass sie irgendwann das Kind eines anderen unter ihrem Herzen trägt und ich nur noch der bin, der irgendwann einmal ihr guter Freund war, den sie dann nicht mehr braucht.

Müde fahre ich mir mit den Händen über das Gesicht und sehe auf den Aktenberg auf dem Schreibtisch, den ich heute eigentlich abarbeiten wollte. Ein Blick auf die Uhr verrät mir, dass Eva in einer halben Stunde Feierabend hat, und so lasse ich die Akten Akten sein und begebe mich fünf Stockwerke nach unten.

Noch bevor ich die Glastür in ihre Abteilung aufdrücke, sehe ich sie in High Heels und einem blauen Etuikleid mit dem Rücken zu mir stehen. Wieder einmal frage ich mich, ob ich in den letzten drei Jahren blind gewesen bin oder ob ich sie einfach nicht so sehen wollte, und tippe auf das zweite.

Irgendein Milchbubi, schätzungsweise um die zwanzig, steht zwischen ihr und Mrs. Parker, der Leiterin dieser Abteilung, und hält Eva einen Arm vor die Nase, der mich eher an ein Fliegenbein erinnert.

»Guck mal, Eva, das Training bringt schon was, willst du mal anfassen?«

Links und rechts von mir stehen jeweils zehn sich gegenüberliegende Schreibtische, von wo aus die anderen Mitarbeiter das Schauspiel beobachten. Als sie mich wahrnehmen, drehen sie sich eilig wieder in Richtung ihrer Computerbildschirme. Nur das Jungchen tänzelt noch immer vor MEINER Eva rum, die tatsächlich sein Ärmchen berührt.

»Oh mein Gohott, David. Also wenn du nur zehn Jahre älter wärst.«

Ob das hier wohl die übliche Arbeitsmoral ist? Mit verschränkten Armen lehne ich mich gegen die Schreibtischkante rechts von mir und warte.

Mrs. Parker stößt Eva lachend den Ellenbogen in die Rippen, dreht sich in meine Richtung und erstarrt mitten in der Bewegung. Ich ziehe eine Augenbraue nach oben, sehe erst sie und dann die Darbietung neben ihr an, woraufhin sie Eva und dem kleinen Scheißer irgendwas zunuschelt. Endlich habe ich auch Evas Aufmerksamkeit und sie dreht sich zu mir um, bevor alle drei auseinanderfahren. Mrs. Parker und Eva gehen an ihre

Plätze, während Hulk Hogan für Arme im Laufschritt an mir vorbei aus dem Raum eilt.

Ich schenke der kleinen Brünetten, auf deren Schreibtisch ich sitze, noch ein Feuchtes-Höschen-Grinsen, was sie erröten lässt, und gehe in das an das Großraumbüro angrenzende Zimmer, in dem Mrs. Parker sitzt, wo ich die Tür hinter mir schließe.

»Mr. Benett, was kann ich für Sie tun?«

»Wer war der junge Mann, der da bei Ihnen und Miss Smith stand?«

»Äh, das ist David Thomson, der Auszubildende unten bei den ITlern aus der Sicherheitsabteilung.«

Auf die Rückenlehne des Besucherstuhles gestützt, beuge ich mich ein wenig in ihre Richtung. »Und darf ich annehmen, dass Mr. Thomson schon alles kann, was er bei uns lernen soll?«

Leicht irritiert sieht sie mich an, bevor sie anfängt zu lächeln. »Nein, ich denke nicht.«

Ich gehe zur Tür zurück, drehe mich aber noch einmal um, bevor ich den Raum verlasse. »Dann sollte er die Zeit, die er noch hat, auch nutzen. Ich wage zu bezweifeln, dass ihm dieses Rumgealber gerade eben irgendetwas beigebracht hat, was ihm für seine Zukunft behilflich ist.«

Mit großen Schritten durchquere ich das Großraumbüro, um wieder nach oben zu fahren, und werfe Eva, die mich aus zu Schlitzen zusammengezogenen Augen ansieht, einen Blick zu. Innerlich muss ich grinsen, da ich weiß, dass sie mich jetzt am liebsten zusammenfalten würde. Aber hier bin ich vor allem eins, ihr Chef, und ihr ist bewusst, dass ich es nicht dulden würde, wenn sie sich vor den anderen im Ton vergreift. Die Glastür zum Flur fast erreicht, höre ich ihre Stimme hinter mir.

»Mr. Benett, hätten Sie einen Moment für mich?«

Mir das Grinsen verkneifend, drehe ich mich zu ihr um.

»Natürlich.«

Mit schwingenden Hüften kommt sie auf mich zu, was meinen Schwanz sofort zucken lässt. Wenn Blicke Laser aussenden könnten, würde mein Schwanz jetzt vermutlich nicht zucken, sondern abfallen. Als sie an mir vorbeieilt und die Tür aufstößt, kann ich den Dampf aus ihren Ohren förmlich sehen. Sie geht bis zum Aufenthaltsraum, wo sie sich zuerst vergewissert, dass niemand sich darin befindet, und hält mir die Tür auf.

»Was gibt es denn so Dringendes, Miss Smith?«

Das laute Rumsen der Tür hinter mir lässt selbst mich zusammenzucken.

»Spar dir dein Miss Smith, du Arschloch«, spuckt sie mir ihre Worte ins Gesicht, wobei sie die Tür verriegelt.

»Eva, pass auf, was du sagst!«

»Was sonst?« Wütend funkelt sie mich an. »Was wolltest du von Emma?«

»Ich habe Mrs. Parker lediglich darauf hingewiesen, dass mit seinen Zahnstocherarmen zu wedeln, nicht zu irgendeinem Aufgabengebiet in dieser Firma gehört. Und wir wollen doch alle, das der JUNGE hier auch was lernt, oder?«

Hysterisch lacht sie auf.

»Oh natürlich, weil du, Aiden und eure versnobten Abteilungsleiter auch ununterbrochen arbeiten und ihr euch nie einen außerberuflichen Satz erlaubt.« Sie dreht sich weg und geht auf den Esstisch in die Mitte des Raumes zu. »Du bist manchmal so ein arroganter Scheißkerl.«

Die letzten Worte kommen so leise, dass sie sicher nicht für meine Ohren bestimmt waren. In aller Ruhe folge ich ihr.

»So, ich bin also ein arroganter Scheißkerl?« Damit dränge ich meinen inzwischen halbsteifen Schwanz fest von hinten gegen ihren Arsch, was sie nach vorne schubst, sodass sie sich mit den Händen auf der Tischplatte abstützt. Auf krankhafte Weise macht es mich unsagbar geil, wenn sie so wütend ist. Ohne langes Vorspiel ziehe ich ruckartig ihr Kleid hoch, wo es sich um ihre Taille zusammenrafft und streiche links und rechts an ihren geschwungenen Hüften herunter, was sie leise aufstöhnen lässt.

»Empfandest du das heute Morgen auch schon?« Ich beiße ihr leicht in den Hals, bevor ich mich zu ihrem Ohr hocharbeite. »Du weißt schon, als du meinen Schwanz geleckt hast, als wäre er das Beste, was du je in deinem süßen Mund hattest.«

Ich vergewissere mich gar nicht erst, ob sie schon bereit für mich ist, ich weiß es auch so und knöpfe meine Hose auf. Danach schiebe ich ihren Slip zur Seite und versenke mich mit einem einzigen tiefen Stoß in ihre nasse Pussy, was uns beide aufstöhnen lässt.

»War ich heute Morgen auch schon ein arroganter Scheißkerl? Als du gierig jeden einzelnen Tropfen aus mir rausgesaugt hast?«

Sie legt ihren Oberkörper auf dem Tisch ab und krallt ihre Hände um den Rand der Tischplatte. Kurz habe ich Angst, dass ich zu grob war, bis sie mir auffordernd mit ihren Hüften entgegenkommt und sich fester an mich drückt. Mehr brauche ich nicht und beginne mich hart und bestimmend in sie zu rammen, was sie mit jedem Stoß lauter werden lässt.

»Eva, sei still!«

Sie drückt sich eine Hand vor den Mund und kneift ihre Augen gequält zusammen. Ohne Unterlass treibe ich meinen Schwanz tief in ihren engen Gang, der mich wie ein Vakuum anzusaugen scheint. Immer schneller lasse ich meine Hüften gegen ihr nasses Fleisch klatschen und ihr leises Wimmern vermischt sich mit meinem angestrengten Keuchen, bis ich die ersten Bewegungen ihrer Muskeln spüren kann, die sich um mich zusammenziehen.

»Komm für den arroganten Scheißkerl!« Im gleichen Moment ziehen sich ihre Muskeln rhythmisch um mich zusammen und reißen mich mit Eva in die Tiefe. Nach Luft ringend, sacke ich auf ihren Rücken, während ihre Pussy sich weiterhin um meinen Schwanz zusammenzieht, um jeden Tropfen aus mir herauszumelken.

Nachdem ich sie mit einem Zewa gesäubert habe und wir wieder hergestellt sind, sieht sie mich herausfordernd an.

»Und Mr. Benett, sind Sie dann fertig? Wenn ich mich recht erinnere, gehört das hier nämlich nicht zu meinem Aufgabengebiet.«

Touché.

»Hey.« Ich ziehe sie in meine Arme. »Es tut mir leid … Aber der Scheißer … Er hat dich angemacht.«

Eva lacht laut auf.

»Das ist doch wohl nicht dein Ernst, oder? David ist noch nicht mal zwanzig.« Sie richtet meine Krawatte und streicht sie über meine Brust glatt. »Außerdem bin ich seit Neuestem in einer Beziehung.«

Wahrscheinlich grinse ich gerade genauso blöd wie der Scheißer, als Eva seinen muskulösen oder besser muskellosen Arm anfassen sollte.

»Ach ehrlich? Das muss ja ein verdammt geiler Typ sein.«

Sanft legen sich ihre Arme auf meine Schultern und ihre Hände überkreuzen sich hinter meinem Kopf.

»Er ist die personifizierte Muskelfaser, wahnsinnig heiß, offenbar eifersüchtig und manchmal auch ein arroganter Scheißkerl.«

KAPITEL 10

Eva

Ächzend liege ich beinahe im Wagen und rüttle an dem sperrigen Paket, das sich im Kofferraum verkeilt hat. Aufgrund des schwülwarmen Maitages trage ich nur einen kurzen Rock und ein Trägershirt, trotzdem läuft mir der Schweiß geradewegs zwischen die Brüste, hinab in Richtung Bauchnabel.

Wo ist Liam eigentlich, wenn man ihn braucht?

Wir sind jetzt mit Aiden und Isa verabredet, da Liam jedoch noch einmal in die Firma muss, bin ich bereits vorgefahren. Auf dem Weg habe ich das Puppenhaus besorgt, das Emily sich schon seit Langem wünscht. Vermutlich wird Isa mit uns meckern, weil wir Emily nicht so verwöhnen sollen, aber das ist uns ehrlich gesagt egal. Sie ist ja nicht unser Kind.

Kurz unterbreche ich meine Bemühungen, wische mir den Schweiß von der Stirn und halte inne. *Sie ist ja nicht unser Kind …*

Ob Liam und ich irgendwann einmal eins oder mehrere haben werden? Komisch, obwohl wir so vieles voneinander wissen, kann ich mich nicht daran erinnern, dass Liam jemals etwas in diese Richtung erzählt hätte. Er hingegen kennt meine Traumvorstellungen von einer Zukunft sehr gut. Er weiß, dass ich später auf jeden Fall einmal heiraten und Kinder haben will. Vielleicht sogar, ganz bilderbuchmäßig noch einen Hund dazu.

Bevor ich mich weiter über das Paket hermachen kann, höre ich das Dröhnen von Liams Maserati, schon bevor ich ihn sehen kann. Sekunden später kommt er neben mir zum Stehen und steigt wie aus dem Ei gepellt aus dem Wagen, während mir vereinzelte Haarsträhnen an Stirn und Nacken kleben.

Wie das sprichwörtliche Kaninchen vor der Schlange stehe ich da und folge den Bewegungen seiner Augen, die über meinen Körper wandern. Er bleibt direkt vor mir stehen und fährt mit seinem Zeigefinger über mein Schlüsselbein, bis zum Ansatz meiner Brüste. Wie automatisch verdoppelt sich mein Herzschlag und meine Haut kribbelt heftig. Unglaublich, welche Reaktionen er jederzeit in mir auslöst.

»Brauchst du Hilfe?«

Räuspernd versuche ich, Zeit zu schinden und mich zu sammeln.

»Quatsch, wie kommst du denn darauf? Geh nur schon rein und trink was. Ich schleppe unterdessen das Monstrum hier rein.« Dabei deute ich auf den Karton in meinem Kofferraum.

»Okay, so machen wir es.«

Jetzt dreht der sich tatsächlich um und geht los?

Perplex starre ich ihm hinterher.

»LIAM!«

Lachend dreht er sich augenblicklich um und kommt noch einmal zurück. Er hebt das blöde Paket mit Leichtigkeit heraus und marschiert wieder in Richtung Haus.

Wenige Sekunden nach dem Klingeln öffnet Emily uns die Tür und sobald sie das Paket in Liams Armen sieht, beginnen ihre Augen zu strahlen. Liam kommt gerade so weit in den Hausflur, dass wir die Haustür wieder schließen können, als er sich schon mit Emily über die Verpackung hermachen muss.

Derweil gehe ich durch das große Wohnzimmer zu Isa und Aiden auf die Terrasse, als ich Emily schon vom Flur aus rufen höre.

»Papa. Laam und Eva haben mir das Haus geschenkt.«

Aiden springt gleich auf, um zu ihnen zu gehen, während ich gekonnt Isas bösen Blick ignoriere und ihr Ethan aus dem Arm nehme. Dusselig grinsend, freue ich mich darüber, dass er meinen Finger umklammert, und setze mich mit ihm auf einen Stuhl. Sie berichtet mir stolz, dass er seit einigen Tagen bewusst lächeln kann, und so versuche ich alle möglichen Faxen, bekomme ihn aber nicht einmal dazu, mich anzulächeln.

Isa verschwindet kurz ins Haus und kommt wenig später mit einem Tablet voller Gläser, Getränken und Käsespießen wieder raus. Gleich darauf kommen auch Liam und Aiden zu uns, nur Emily bleibt drinnen und beschäftigt sich lieber mit ihrem neuen Spielzeug.

»Du hast jetzt lange genug an ihm rumgesabbert.« Ungläubig sehe ich zu Liam auf, der mit ausgestreckten Armen vor mir steht.

»Entschuldige, aber wie war das?«

Liam setzt ein falsches Lächeln auf und wiederholt seine *Bitte*.

»Darf ich ihn auch mal halten?«

»Nein.« Grinsend nehme ich Liams Schnappatmung zur Kenntnis, bevor er Ethan aus meinen Armen nimmt und sich mit ihm auf die Sonnenliege setzt. An Liams breiter Brust wirkt Ethan noch kleiner und zerbrechlicher, doch Liam wiegt ihn schützend in seinem Arm. Beim Anblick der beiden geht mir das Herz auf und als Liam lächelnd auf Ethan herabsieht, bin ich restlos verzaubert.

»Wenn du mal groß bist, such dir bloß keine Frau. Der Meister erklärt dir dann, wie man's macht.«

»Der Meister? Wer soll das denn sein?«, frage ich ihn lachend und zwinkere Isa zu.

»Baby, muss ich dir das wirklich noch erklären?«

»Ja Eva, muss er dir das wirklich noch erklären?« Grinsend sieht Isa mich an.

»Also ich für meinen Teil muss sagen, ich habe mir irgendwie was anderes vorgestellt. So wie du dich die letzten Jahre als größten Hecht aufgespielt hast, dachte ich, dass dein Ding ein Zauberstab ist und Glitzerstaub husten kann oder so was.« Schulterzuckend schiebe ich mir eine Weintraube vom Käsespieß in den Mund, woraufhin Isa lauthals zu lachen beginnt und Liam mich empört ansieht.

»Glitzerstaub?«

»Können wir vielleicht über was anderes reden als über Liams Zauberstab?«, unterbricht Aiden uns, woraufhin ich mir mit der Hand über den Mund fahre, als Zeichen, dass ich kein Wort mehr sagen werde.

»Darüber sprechen wir noch«, kommt es von Liam, der mich süffisant anlächelt, bevor er sich wieder Ethan zuwendet.

»Siehst du? Wenn man den Frauen nicht rechtzeitig die Grenzen aufzeigt, werden sie unzähmbar. So was solltest du nie hinnehmen, hörst du? Dann stopf ihr den Mund. Notfalls mit deinem Zau…«

»Liam.« Erschrocken zuckt er unter Isas Schlag auf seinen Arm zusammen. »Hör auf, ihm so einen Scheiß zu erzählen … Oh nein, er lacht!« Freudestrahlend sieht Isa von einem zum anderen und deutet auf Ethan, der Liam mit einem engelsgleichen Lächeln ansieht.

»Siehst du, er steht auf meine Geschichten.« Und allein für dieses Grinsen, mit dem Liam mich jetzt ansieht, liebe ich ihn wenn überhaupt möglich noch mehr.

Die nächsten zwei Stunden vergehen wie im Flug. Wir reden über Ethans bevorstehende Taufe, sehen uns die Fotos vom Zoobesuch an Emilys Geburtstag an und planen einen gemeinsamen Urlaub. Als wir uns voneinander verabschieden, dämmert es bereits.

Bei Liam zu Hause angekommen, lasse ich meine Umhängetasche einfach da liegen, wo sie von mir abfällt, schlüpfe aus meinen Schuhen und gehe direkt die Treppe nach oben. In Liams Schlafzimmer lasse ich mich mit dem Gesicht nach unten auf das Bett fallen und könnte sofort einschlafen.

Inzwischen sind wir seit sechs Wochen zusammen und ich bereue nicht einen einzigen Tag, dass wir den Mut hatten, es auszuprobieren. Vielleicht entsprechen wir nicht ganz dem Idealbild einer normalen Beziehung, dafür sticheln und streiten wir uns einfach zu oft. Aber die Versöhnung danach ist jedes Mal umso schöner. Wenn ich ganz ehrlich bin, würde es mir sogar fehlen, wenn ich diese Seite an ihm nicht mehr zu spüren bekommen würde. Ich liebe eben alles an ihm, auch das.

Der Gedanke bringt mich zum Lächeln, wollte ich doch vor wenigen Monaten noch eine ganze Seife essen, als die Worte Liam und Liebe in einem Satz vorgekommen sind. Dabei wissen nur Isa und ich, dass ich diese Gefühle für ihn von Beginn an gut verwahrt in mir trage. Na ja, vielleicht nicht von Anfang an, aber doch schon sehr lange.

Mein gesunder Menschenverstand, oder auch mein Selbsterhaltungstrieb, haben mich nur immer wieder daran gehindert, diese zuzulassen. Wenn ich nur schon vorher geahnt hätte, auf was ich all die Jahre verzichtet habe, aber vielleicht war unsere Zeit auch einfach noch nicht gekommen.

»EVA!«

Grinsend öffne ich meine Augen und warte darauf, dass er die Treppe hochgestampft kommt und mir mit einem meiner Schuhe drohend zuwedelt.

Was ist das denn?

Irritiert rapple ich mich auf und stelle mich vor das Bett, wo ich mir zuerst das Kopfende und dann den Rest des Bettes ansehe.

»Ich schmeiße in Zukunft jeden beschissenen Schuh, der mitten im Flur liegt, aus dem Fenster.« Langsam drehe ich mich zu ihm um, sehe den Schuh in seiner Hand und seine zusammengezogenen Augenbrauen. »Ist alles in Ordnung, Baby?«

»Du hast ein neues Bett gekauft?« Die Frage ist rein rhetorischer Natur, da ich das natürlich gerade selbst feststellen konnte.

Liam kratzt sich mit der Hand, in der er meinen Schuh hält, an der Schläfe.

»Ja, na ja ich …« Weiter kommt er nicht, weil ich ihm um den Hals falle. Ich weiß, dass er das für mich getan hat, und damit bringt er einmal mehr zum Ausdruck, dass ich nicht eine von vielen bin. Und vielleicht, nur vielleicht, bin ich sogar DIE eine.

Rückwärtsgehend, ziehe ich ihn mit mir und schubse ihn auf das Bett, um mich dann eng an ihn zu schmiegen. Eine Zeitlang liegen wir einfach nur da und ich genieße seine Streicheleinheiten auf meinem Rücken, bis ich die Stille unterbreche.

»Willst du eigentlich irgendwann Kinder?« Die Matratze gibt nach, als Liam mich von sich schiebt, um sich zum Sitzen aufzurichten. Irgendetwas verrät mir, dass mir nicht gefallen wird, was jetzt kommt. Als würde ich es dann besser verkraften, setze auch ich mich auf und sehe ihn abwartend an. Liam fährt sich mit der Hand durch die Haare, was heißt, dass er nach den richtigen Worten sucht, bevor er mich ansieht.

»Weißt du …« Seufzend dreht er sein Gesicht von mir weg. »Nicht jeder stellt sich seine Zukunft so vor wie du.«

»Das ist nicht die Antwort auf meine Frage.«

Liam sieht mich wieder an und blickt mir intensiv in die Augen.

»Nein, Eva. Nein, ich will keine Kinder … und ich will auch nicht heiraten.«

WAS? Verzweifelt sehe ich ihn an. Normalerweise wäre das ein ernsthafter Grund für mich, die Beziehung mit Liam tatsächlich noch einmal zu hinterfragen, da mein Wunsch nach einer eigenen Familie einfach zu groß ist. Doch in diesem Moment glaube ich, durch seine wunderschönen eisblauen Augen bis auf den Grund seiner Seele sehen zu können.

»Das glaube ich dir nicht.«

Aufgebracht springt Liam vom Bett auf und sieht mich ärgerlich an. »Das wirst du aber müssen, denn eine andere Antwort kann ich dir nicht geben.«

»Erzähl mir keinen Mist, Liam, ich weiß, dass du lügst. Nur warum, das weiß ich nicht. Liegt es an mir? Willst du es nur einfach nicht mit mir?«

»WAS? Das ist wirklich der größte Schwachsinn, den du seit Langem von dir gegeben hast.«

Mit verschränkten Armen sitze ich noch immer auf dem Bett und sehe ihn abwartend an. Einen kurzen Augenblick glaube ich, dass er mit sich ringt, bis er wortlos aus dem Schlafzimmer geht und mich alleine zurücklässt.

Was genau hat ihn denn jetzt so aufgebracht? Wenn seine Vorstellungen für die Zukunft tatsächlich so sehr von meinen abweichen, werde ich wohl oder übel damit leben müssen. Auch wenn alles in mir schreit, das dem nicht so ist.

Die Erfahrung lehrt mich, ihm jetzt nicht hinterherzulaufen, da wir uns sonst nur weiter anschreien und so gehe ich in die Badewanne.

Während ich in der Wanne sitze, frage ich mich, ob ich vielleicht überreagiert habe? Kann es sein, dass seine Antwort mir einfach nicht gefallen hat und ich sie deswegen nicht glauben wollte? Ich hasse es, mich mit Liam zu streiten, und so steige ich aus der Badewanne, um zu ihm zu gehen. Vorher ziehe ich mir schnell seinen Bademantel über und wickle mir ein Handtuch um mein tropfnasses Haar.

Sobald ich das Wohnzimmer betreten habe, sieht Liam zu mir, lächelt mich schief an und streckt einen Arm nach mir aus. Das Flimmern des Fernsehers ist die einzige Lichtquelle im Raum und doch meine ich einen traurigen Ausdruck auf seinem Gesicht zu erkennen. Bei ihm angekommen krabble ich auf seinen Schoß und vergrabe mein Gesicht an seiner Halsbeuge.

»Es tut mir leid. Ich wollte deine Antwort einfach nicht hören und habe falsch reagiert.«

»Nein, mir tut es leid, dass ich weggelaufen bin, anstatt mit dir zu reden.«

Ich rutsche ein Stück von ihm ab, um sein Gesicht in meine Hände zu nehmen und küsse ihn sanft auf den Mund. Daraufhin grinst er mich spitzbübisch an.

»Ich habe schon überlegt hochzugehen und dich mit Schokolade zu bewerfen.«

Ungläubig lache ich auf.

»Was? Warum denn das?«

»Schokolade beruhigt dich. Außerdem hast du dann was im Mund und kannst nicht mehr meckern.«

»Manchmal bist du so ein Blödmann.« Lachend schmiege ich mich wieder an ihn.

»Ich weiß. Aber genau das magst du doch, oder?«

»Ja, das tue ich.« Das Thema ist für mich noch lange nicht vom Tisch, dennoch lasse ich es erst einmal ruhen. Vorläufig …

***

An meinem Kaffee nippend, höre ich den Ausführungen von Amelia über die derzeitige Lage auf dem Single-Markt zu. Wie gerne würde ich ihr sagen, dass ich jetzt keine ihrer Leidensgenossinnen mehr bin, aber sowohl Liam als auch ich halten es für besser, unsere Beziehung in der Firma nicht bekanntzugeben. Auf lange Sicht gesehen wird es sich vermutlich nicht geheimhalten lassen, aber vorerst soll es so bleiben, wie es ist.

Manche Kollegen haben schon ihre Probleme damit, dass ich privat so engen Kontakt zu Liam und auch Aiden habe, und werfen mir vor, ständig bevorzugt zu werden. Ich mag gar nicht daran denken, wie sie sich das Maul zereißen werden, wenn rauskommt, dass Liam und ich ein Paar sind. Dabei habe ich nur eine ganz einfache Position in der Firma und trotz unserer privaten Verbundenheit nie irgendeinen Sonderstatus erhalten.

Seit wir uns am Samstagmorgen nach unserem Streit voneinander verabschiedet haben, haben wir uns das restliche Wochenende nicht gesehen. Liam musste arbeiten und ich habe in meiner Wohnung nach dem Rechten sehen wollen. Bei dem Wissen, dass er jeden Moment aus dem Fahrstuhl steigen wird, erhöht sich mein Puls auf ein ungesundes Tempo und die sprichwörtlichen Schmetterlinge in meinem Bauch drehen regelrecht durch. Ganz zu schweigen von meinem Schoß, der nur bei dem Gedanken an ihn heftig zu kribbeln beginnt.

Als ich das herbeigesehnte Pling endlich höre, möchte ich am liebsten aufspringen und ihm um den Hals fallen, was aus eben erwähnten Gründen verständlicherweise nicht geht.

»Ladys.«

Heute habe ich keine Zeit, mich über Amelias aufsteigende Röte zu freuen. Stattdessen grabsche ich nach den beiden Kaffeebechern und laufe fast von ihrem Schreibtisch aus in Liams Büro. Eilig stelle ich den Kaffee auf dem Schreibtisch ab und warte dann direkt neben der Bürotür, sodass ich Liam sofort überfallen kann, sowie er die Tür hinter sich schließt.

Endlich kommt er ins Büro und nimmt mich, ohne seine Laptoptasche abzulegen, in den Arm, wobei er seine Nase an meiner Halsbeuge vergräbt und tief einatmet.

»Ich habe dich vermisst.«

Als hätte ich Geburtstag, grinse ich dämlich im Kreis und ein warmes Gefühl breitet sich in mir aus. Liam zieht seinen Kopf zurück, um mich anzusehen, während er mir meine Haare hinter das Ohr streicht. Vielleicht interpretiere ich zu viel, oder eher gesagt das hinein, was ich sehen will, und doch glaube ich, in seinen Augen all seine Gefühle für mich erkennen zu können.

Unter der merkwürdigen Eindringlichkeit seines Blickes beginne ich von einem Bein auf das andere zu trippeln und unterbreche diesen Moment lachend.

»Was ist denn?«

»Zieh zu mir.«

WAS soll ich?

»Was?« Ich löse mich von ihm und trete ein Stück zurück, um genügend Abstand zwischen uns zu bringen und so mein Gehirn wieder arbeiten kann. Mit gerunzelter Stirn untersuche ich Liams Gesicht nach den üblichen Anzeichen, die mir sagen könnten, dass er mich mal wieder hochnimmt, aber da ist nichts. Er macht einen Ausfallschritt auf mich zu und zieht mich erneut in seine Arme.

»Ernsthaft, zieh zu mir!«

Mit allem habe ich gerechnet, aber nicht damit. Liam und ich, zusammen in einem Haus? Immer? Könnte das überhaupt gutgehen? Und wieder streiten sich die beiden Persönlichkeiten in mir.

Die eine, die nichts anderes lieber täte, als rund um die Uhr mit ihm zusammen zu sein, und die andere, die an die vielen Wenn und Aber denkt. Was ist, wenn Liam in ein paar Monaten einfällt, dass er doch nicht für die Monogamie geschaffen ist? Könnte ich das verkraften? Obwohl, wenn ich genauer darüber nachdenke, könnte ich das wohl auch jetzt schon nicht mehr. Unsicher lächelnd winde ich mich aus seinem Arm, gehe zum Schreibtisch, um meinen Kaffee zu nehmen, und stelle mich vor das Fenster. Ich kann hören, dass Liam den Laptop auf dem Schreibtisch ablegt, und drehe mich wieder zu ihm um.

»Das geht ganz schön schnell, findest du nicht?«

Liam nimmt ebenfalls seinen Kaffee und setzt sich auf seinen Drehstuhl.

»Nein, geht es nicht. Wenn wir es genau betrachten, haben wir fast drei Jahre vergeudet.«

Unmöglich kann ich ihm sagen, dass ich ernsthafte Zweifel an seinen Absichten habe, und jetzt gerade glaube ich ihm sogar, dass er tatsächlich von der Idee überzeugt ist. Sonst hätte er den Vorschlag nicht gemacht.

Nebenbei werfe ich einen Blick auf meine Armbanduhr und stürze den restlichen Kaffee herunter. »Ich muss jetzt runter, lass uns später darüber reden, ja?«

Bevor ich gehen will, beuge ich mich für einen Kuss herunter, doch Liam verschränkt die Arme vor der Brust und sieht mich mit regungslosem Gesicht an.

»Nein, wir reden jetzt darüber.«

»Liam, ich muss runter.«

»Warum? Bekommst du Probleme mit deinem Chef, wenn du zehn Minuten später anfängst?«

»Oh hallo, Liam-im-Arschloch-Modus, lange nicht gesehen.«

Dann also nicht. Damit richte ich mich auf und gehe. Kurz bevor ich die Tür erreiche, holt Liam mich ein und streckt seinen Arm hinter mir aus, um mit der Hand gegen die noch geschlossene Tür zu drücken.

»Ich will nur wissen, warum du offensichtlich nicht so von der Idee angetan bist wie ich.«

»Liam.« Resigniert streiche ich mir durch die Haare. »Wir sind noch nicht einmal zwei Monate zusammen. Wir wissen doch noch gar nicht … ob wir überhaupt zusammenpassen.« Na bravo, das hört sich sogar in meinen Ohren wie gewollt und nicht gekonnt an.

Er kommt hinter mir hervor und baut sich vor der Tür auf.

»Du weißt mehr über mich als jeder andere und umgekehrt. Ich weiß, dass du zum Händewaschen immer nur eine bestimmte Seife nimmst, die du sogar in deiner Handtasche mit dir herumschleppst. Dass du vor dem Einschlafen immer noch mal aufs Klo gehst, obwohl du erst fünf Minuten vorher gewesen bist. Ich weiß, dass du bei Gruselfilmen überall zugedeckt sein musst, sodass nur noch dein Gesicht zu sehen ist und dass du bei Schnulzen weinst. Dass du einen wilden Tippel-Tanz aufführst, wenn du eine Spinne siehst, auch wenn ich ja glaube, dass sie dann erst recht nicht weglaufen wird, weil sie dich erst mal auslacht. Soll ich weitermachen?« Ich erwidere sein dummes Grinsen, lasse mich von ihm in den Arm nehmen und gebe ihm den Kuss, den er eben gerade noch abgewiesen hat.

»Wenn du willst, besorge ich mir auch ein Ritterkostüm und so ein komisches Steckenpferd. Könnte ich dann als dein scheiß Prinz auf seinem ollen Klepper durchgehen?«

Ich hab es ja versucht, wirklich, aber mal ehrlich, was soll ich dagegen bitte ausrichten können?

KAPITEL 11

Eva

Wie ein kleines Kind grinse ich Liam an, nehme ihn an die Hand und gehe auf den Eingang des Eisstadions zu. Alles, was ich bis eben gerade wusste, war, dass ich mir eine warme Jacke einpacken soll, was mir aufgrund des sehr warmen Wetters schon etwas komisch vorkam.

Der Eingangsbereich des Stadions ist so klein, sodass wir, kaum dass wir durch die Eingangstüren getreten sind, schon vor dem Empfang stehen, wo uns eine junge Mitarbeiterin freundlich begrüßt. Sie erklärt uns, wo wir unsere Wertsachen verschließen können, und reicht uns die geliehenen Schlittschuhe über den Tresen.

Ehe wir die Eishalle betreten, ziehen wir uns unsere mitgebrachten Jacken an, danach gehen wir zuerst auf die Tribüne, um unsere Schuhe zu wechseln. Ich lasse meinen Blick über die Eisbahn und die im Kreis darum verlaufende Tribüne wandern. Bis auf einer Schar Kinder ist die Eishalle leer. Liams Gesichtsausdruck ist so dämlich, dass ich bereits jetzt anfangen muss zu lachen.

»Was ist?« Er versucht, ärgerlich zu klingen, doch seine zuckenden Mundwinkel verraten mir etwas anderes.

»Sagen Sie bloß, Sie haben Angst, Mr. Benett.«

»Pah.« Er sieht zu den über das Eis rasenden Kindern. »Ich bin schon Schlittschuh gelaufen, da wurden die Terrorzwerge da unten noch von ihrem Vater im Sack rumgetragen.«

Lächelnd, aber mit hochgezogener Augenbraue nicke ich ihm zu.

»Soso, na dann mal los.«

Auch bei mir ist das letzte Mal schon eine Weile her, doch sobald ich auf den Schlittschuhen stehe, ist es so, als wäre es erst gestern gewesen. Nicht dass ich besonders gut gewesen wäre, aber ich bin zumindest vorwärtsgekommen. Mit seitlichen Schritten stacksele ich die Bänke bis zum Seiteneingang der Bahn hinab und sehe mich suchend nach Liam um. Ich versuche wirklich mein Bestes, aber das Lachen platzt so schnell aus mir heraus, dass ich es nicht mehr aufhalten kann.

Liam hält sich in gebückter Haltung an den Bänken fest und setzt in Mini-Schritten einen Fuß neben den anderen.

»Hör auf zu lachen, Weib, ich komm dir da gleich hin.«

»Wenn du beim Kommen immer so lange bräuchtest wie jetzt gerade, hätte ich nichts dagegen.« Aufgrund des Blickes, den er mir daraufhin zuwirft, bin ich tatsächlich froh, dass er noch so weit weg ist und sich über die Bänke tastet wie ein alter Mann.

Nach gefühlten zwanzig Minuten endlich unten angekommen, richtet er sich mit einem lauten Stöhnen auf und beugt sich mit gegen den Rücken gepressten Händen zurück.

»Jetzt komm schon, du Weichei. Die machen hier gleich zu und wir waren noch nicht einmal auf dem Eis.«

»Ich bin völlig fertig, macht es dir was aus, wenn ich nur zusehe?« Sein Blick wandert lüstern über meinen in die dicke Jacke gehüllten Körper und trotzdem fühle ich mich in dieser Sekunde, als würde ich nackt vor ihm stehen. »Du weiß doch, da stehe ich drauf.«

Schwer schluckend, heftet sich mein Blick auf seine lächelnden Lippen, während mein Körper bereits wieder auf ihn reagiert. Wie auf Kommando beginnt mein Schoß warm zu pochen und meine aufgerichteten Nippel drücken gegen den dünnen Stoff meines BHs.

»Na Eva, wollen wir gehen?«

Mehrmals blinzelnd sehe ich ihm in sein wissendes Gesicht, innerlich quält er sich vermutlich schon wieder die Bänke hoch. Das könnte ihm so passen. Aus diesem Grund drehe ich mich um und betrete die Eisfläche.

Die ersten Meter ist es noch ziemlich wackelig, aber bis Eisprinzessin Liam endlich zur Tür gestolpert ist, klappt es schon wieder wie früher. Ich fahre an die Bande und reiche ihm meine Hand. Mehr als skeptisch sieht er mich an, bevor er seine Hand in meine legt und sich mit der anderen an der Bande festgeklammert, mit einem Fuß auf das Eis wagt. Als er schließlich beide Füße abstellt, entreißt er mir seine Hand und fuchtelt reflexartig wild durch die Luft, bevor er an die Bande rammt und sich daran festhält.

Vor lauter Lachen halte ich meinen Bauch und habe das Gefühl, mir jeden Moment in die Hose zu pinkeln. Wo ist der souveräne Liam, der für gewöhnlich allein durch sein Auftreten

Selbstsicherheit und Eleganz ausdrückt? Der die Aufmerksamkeit eines ganzen Raumes auf sich ziehen kann, ohne auch nur ein Wort zu sagen?

Obwohl, wenn ich das Gekicher der Kinder richtig deute, ist ihm die Aufmerksamkeit auch hier sicher. Es sieht aber auch zu dämlich aus, wie er da mit weit auseinanderstehenden Beinen über der Bande hängt.

»Liam, worauf wartest du?« So sehr ich es auch ihm zuliebe versuche, ich kann einfach nicht aufhören zu lachen. »Komm, ich helfe dir.« Auffordernd halte ich ihm meine Hände hin, die er eine Weile ansieht, sie letztlich aber doch ergreift.

Ganz langsam ziehe ich ihn rückwärtsfahrend hinter mir her. Obwohl wir uns nur Zentimeter für Zentimeter vorwärts bewegen, schnauzt er mich alle dreißig Sekunden an, dass ich nicht so schnell machen soll. Vor lauter Lachen tut mir inzwischen das Gesicht weh und ich kann mich nicht erinnern, wann ich das letzte Mal so viel Spaß hatte.

Nach der fünften Runde um die Bahn wird er mutiger und ich soll seine Hände loslassen.

»Na bitte, das ist doch total billig.« Die Worte noch nicht ganz ausgesprochen, kommt er wieder ins Taumeln, stürzt sich haltsuchend auf mich und reißt mich mit sich aufs Eis.

Schmerzhaft pralle ich mit meinem Rücken auf das harte Eis und wappne mich für den kommenden Schmerz, wenn mein Kopf aufschlägt, was aber nicht passiert. Er landet weich in Liams darunter liegender Hand, dafür ist dieser mit seinem gesamten

Gewicht auf mir gelandet und macht keine Anstalten, sich wieder zu erheben.

»Oh Gott Eva, ist alles in Ordnung?«

»Bis auf, dass ich keine Luft bekomme. Na wenigstens du bist gut gelandet. Du bist eine beschissene Eisprinzessin.«

»Ja, das bin ich wohl.« Dabei schenkt er mir dieses Grinsen, für das ich sterben würde, und senkt seine Lippen auf meine.

Wie immer, wenn Liam mich küsst, vergesse ich alles andere um mich herum und nehme nur noch ihn wahr. Ich lege meine Arme um seinen Nacken und ziehe ihn noch näher an mich, während seine Zunge meinen Mund erobert. Ein leises Stöhnen entkommt mir, als uns ein unsanftes Ruckeln seitlich von uns hochschrecken lässt.

»Hier Alter, das kann sich ja keiner mit ansehen.« Der etwa zwölfjährige Junge fährt davon und brabbelt irgendwas, das sich anhört wie »Wenn man's nicht kann, sollte man's sein lassen«.

Mit einem so verdatterten Ausdruck, wie ich es noch nie an Liam gesehen habe, sieht er mich an.

»Hat der mich gerade Alter genannt?« Kichernd vergrabe ich mein Gesicht an seiner Halsbeuge und nicke, was mich noch lauter Lachen lässt. Meine Rückseite wird immer kälter und so schiebe ich Liam ächzend von mir weg, woraufhin er sich aufsetzt. Erst dann frage ich mich, was da gegen uns gestoßen ist, und sehe einen Pinguin neben uns stehen. Diese Eislaufhilfen sind für die Kinder gedacht, die noch nicht schlittschuhfahren können, sie können sich daran festhalten und während des

Fahrens vor sich herschieben. In den Augen des Knirpses hat Liam so einen Pinguin wohl ebenfalls dringend nötig.

Ich ziehe meine Wangen zwischen die Zähne, um nicht wieder zu lachen, und warte darauf, dass Liam den Schock verarbeitet hat. Immer wieder wechselt sein Blick zwischen dem Pinguin vor ihm und den etwa sechsjährigen Kindern, die ebenfalls einen benutzen.

»Liam, komm steh auf. Das Eis ist viel zu kalt.«

Natürlich erhebt er sich nicht so, wie er es gerne hätte, sondern wedelt erneut mit den Armen, als würde er jemanden am anderen Ende der Welt winken. Letztlich klammert er sich widerwillig an den kleinen Pinguin, der so gar nicht für seine Größe ausgelegt ist. Resigniert seufzend schiebt er den, gerade mal bis an seine Oberschenkel reichenden, Pinguin vor sich her und wiederholt verliere ich den Kampf gegen mein Lachen. Hastig fahre ich zur Bande und hopse so schnell es geht die Bänke zu meiner Tasche hinauf, in der mein Handy steckt.

Selbst als ich die Bänke wieder heruntergegangen bin und abermals in der Tür stehe, ist Liam noch ganze fünf Meter von seinem Ziel entfernt und so knipse ich ein Foto nach dem anderen.

»Eva, ich warne dich!« So langsam sieht er wirklich wütend aus, trotzdem muss ich ihn einfach fotografieren.

»Es tut mir leid, aber du siehst so bescheuert aus.«

Als er nur noch einen halben Meter vor sich hat, schubst er den Pinguin mit ärgerlichem Blick an die Seite und springt mit einem Satz vor mich, woraufhin ich erschrocken zurückweiche.

Schnell eile ich die Bänke wieder hoch und natürlich kommt Liam nicht hinterher. Aufgebracht irgendwas knurrend, streift er sich die Schlittschuhe ab und holt mich schnell ein. Rückwärts gehend und mit ausgestreckter Hand versuche ich, ihn auf Abstand zu halten.

»Bitte. Es tut mir leid, ich werde die Fotos auch niemandem zeigen.« Mit einem weiteren Satz ist er bei mir und reißt mich in seine Arme.

»Du hast Glück, dass du du bist, sonst würde ich dir jetzt deinen verdammten, kleinen Hintern aufreißen. Und ganz sicher werde ich nie, NIE wieder Eislaufen gehen!«

»Ach so, das sollte Eislaufen sein. Ich habe schon die ganze Zeit überlegt …« Seine weichen und trotz der hier herrschenden Kälte warmen Lippen, unterbrechen mich, was ich nur zu gerne zulasse. Als er sich von mir löst, lehnt er seine Stirn an meine. »Was machst du nur mit mir, dass ich nicht aufhören kann, dich immer und andauernd zu berühren?«

»Dann hör einfach nicht damit auf.«

»Das werde ich auch nicht, verlass dich drauf.«

Nachdem wir noch einen Kaffee in der Bar gegenüber des Stadions getrunken haben, gehen wir über den Parkplatz zu Liams Auto. Im Gehen erfühlt Liam mit seiner Hand die meine und verschränkt seine Finger darin. Es sind im Grunde Kleinigkeiten, doch mir fallen sie auf, da sie egal wann Wirkung auf meinen Puls haben. Ich lächle ihn an, woraufhin er leicht meine Hand drückt, als er von der Seite angesprochen wird.

»Liam?«

Reflexartig drehen wir uns beide in die Richtung, wo ein Mann, etwa Mitte dreißig, steht und Liam die ausgestreckte Hand entgegenhält. Neben ihm steht eine wunderschöne Frau mit langen dunklen Haaren und einer Figur, die jedem Model Konkurrenz macht. Sie schätze ich auf mein Alter.

»Wie geht es dir, wir haben uns ja ewig nicht gesehen.«

Liam gibt dem Mann zögerlich die Hand, antwortet jedoch nicht, stattdessen starrt er die Frau vor uns an. Seine ganze Körperhaltung hat sich innerhalb weniger Sekunden komplett verändert. War er bis eben gerade noch völlig entspannt, ist die Kälte, die jetzt von ihm ausgeht, fast körperlich zu spüren.

»Hallo Liam.«

Mein Blick wechselt zwischen Liam und der Frau, die ihn offensichtlich ebenfalls kennt, hin und her. Inmitten der explosiven Stimmung spüre ich erst jetzt, dass Liams Hand sich schmerzhaft in meine krallt.

Wer auch immer der Typ ist, er stellt sich schützend vor sie, sieht nur einen Augenblick fast verzweifelt wirkend zu mir und wendet sich wieder Liam zu.

»Erin besucht mich für ein paar Tage.«

Eisig lässt Liam seinen Blick an den beiden hinab- und wieder hinaufgleiten, ehe sein Griff an meiner Hand sich noch einmal verstärkt und er mich mit sich in Richtung Auto zieht.

Bevor ich einsteige, blicke ich noch mal zurück und sehe die beiden, wie sie sich, bevor sie die Bar betreten, ebenfalls noch einmal zu uns umdrehen. Was war das denn bitte?

Liam startet bereits den Motor und so setze ich mich zu ihm in den Wagen.

»Wer war das?«

»Niemand!« Seine Stimme klingt so leise und bedrohlich, dass mir der Nacken kribbelt, dieses Mal jedoch nicht angenehm. Kurz überlege ich, weiter nachzubohren, jedoch kann ich Liam in diesem Moment kaum einschätzen. Selbst jetzt, wo die beiden nicht mehr zu sehen sind, verrät seine ganze Haltung reinste Anspannung. Als wäre er nur körperlich anwesend, starrt er geradeaus durch die Windschutzscheibe, seine Lippen sind zu einer schmalen Linie zusammengepresst und die Muskeln in seinem Kiefer treten sichtbar hervor. So habe ich ihn noch nie erlebt. Noch nie habe ich Angst vor Liam gehabt und doch signalisiert mein gesunder Menschenverstand, dass nur ein kleiner Funken fehlt, um ihn seine Selbstbeherrschung verlieren zu lassen. Seine Hände umfassen das Lenkrad so fest, dass seine Knöchel weiß hervortreten, trotzdem lege ich meine Hand auf seinen Arm.

»Liam?« Sein Blick gleitet über meine Hand auf seinem Arm, in mein Gesicht, doch in seinen Augen ist nicht das übliche Funkeln, nicht die Wärme, mit der er mich sonst ansieht.

»Schnall dich bitte an.«

Vollkommen irritiert tue ich, was er sagt, und sobald er meinen Gurt einrasten hört, fährt er los.

Nachdem wir wenig später vor meiner Wohnung zum Stehen kommen, hat Liam noch immer kein Wort gesagt und das Wageninnere ist so spannungsgeladen, dass es sich körperlich auf mich auswirkt. Mein Herz schlägt wie verrückt in meinem Brustkorb und mein Magen zieht sich auf unangenehme Weise zusammen, so als würde ich unbewusst bereits spüren, dass irgendetwas ganz und gar nicht in Ordnung ist. Unsicher schnalle ich mich ab und steige aus dem Wagen, bis ich merke, dass Liam keine Anstalten macht, ebenfalls auszusteigen. Dabei wollte er heute Nacht bei mir bleiben. Meine Alarmglocken schrillen wie verrückt, als ich mich noch einmal zu ihm herunterbeuge.

»Willst du nicht aussteigen?«

Liam dreht seinen Kopf in meine Richtung und scheint in den letzten zwei Minuten um Jahre gealtert zu sein. Nichts ist mehr von der gerade noch da gewesenen Wut zu sehen, stattdessen sieht er aus glanzlosen Augen zu mir auf und scheint … Ich weiß nicht genau, er scheint zu resignieren. Aufzugeben.

»Eva, ich …«

Nein, NEIN! Ich weiche von ihm zurück, um mich neben dem Wagen aufrichten zu können.

»Es tut mir so leid, aber ich kann das nicht.«

Er sagt noch irgendwas, doch die Worte kommen nur noch dumpf bei mir an, bevor ich mich, ohne die Wagentür zuzuwerfen, umdrehe und langsam auf die Haustür zugehe. Wie mechanisch betrete ich das Treppenhaus, steige die Stufen zu meiner Wohnungstür hoch, stecke mit zitternden Fingern den Schlüssel ins Schloss und öffne die Tür.

Gerade in meiner Wohnung angekommen, lasse ich die Handtasche von meiner Schulter rutschen, streife meine Schuhe von den Füßen und gehe in das Wohnzimmer. Auf dem Tisch liegt noch immer die Verpackung unserer Pizza, die wir gestern Abend bestellt haben. Daneben liegt Liams Armbanduhr, die er vergessen haben muss. Nur mit Mühe schlucke ich den schmerzhaft drückenden Kloß in meinem Hals herunter und drehe mich zur Küche herum, wobei mein Blick auf den am Boden liegenden Schuhen und der Handtasche hängen bleibt.

Noch einmal schlucke ich hart, gehe darauf zu und hebe diese mitsamt der Tasche auf, um sie zur Garderobe zu bringen, wo sie eigentlich hingehören. Verdammte Scheiße, wann lerne ich das endlich?

Wie einstudiert hänge ich die Tasche an den Haken, stelle die Schuhe ab und sehe einen Moment lang auf sie herab.

Ein wütendes Kribbeln baut sich in mir auf und schießt durch meine Arme bis in meine Hände vor. Ich nehme die soeben abgestellten Schuhe und werfe sie mit aller Kraft in mein Wohnzimmer. Und noch ein Paar. Und noch ein Paar.

Wie von Sinnen schmeiße ich alle Schuhe, die ich zu fassen bekomme, in sämtliche Richtungen meiner Wohnung, bis ich weinend auf dem Boden zusammensacke und mein Gesicht auf meinen an den Körper gezogenen Knien ablege. Immer wieder werde ich von meinem eigenen Schluchzen durchgeschüttelt, bis meine Tränen nach einer gefühlten Ewigkeit versiegen und mein glasiger Blick die in der Wohnung verstreuten Schuhe fixiert.

Blind greife ich in meine Handtasche, die noch immer auf Kopfhöhe neben mir an der Garderobe hängt, und suche nach meinem Handy. Flüchtig kommt mir in den Sinn, dass Liam immer der Erste war, den ich angerufen habe, wenn es mir schlecht ging. Das macht es nur leider nicht besser und erneut spüre ich die Tränen über meine Wangen laufen, bevor ein paar davon auf dem Handydisplay landen. Durch den Tränenschleier hindurch suche ich Isas Nummer raus und drücke auf den Telefonhörer. Es klingelt, vier Mal, fünf Mal. Bitte Isa geh ran.

»Hey, Eva.«

»Isa, kannst du bitte kommen …« Wieder bricht ein Schluchzen aus mir heraus. »Es ist was ganz Schlimmes passiert.«

KAPITEL 12

Eva

Wir stehen im Eisstadion, Liams Arme liegen um meinen Rücken und seine Stirn gegen meine. »Was machst du nur mit mir, das ich nicht aufhören kann, dich immer und andauernd zu berühren?«

»Dann hör einfach nicht damit auf.«

»Das werde ich auch nicht, verlass dich drauf.«

Lächelnd erwache ich und rekle mich streckend in meinem Bett. Doch diese Sekunden sind gestohlene Zeit, denn sobald die Realität wieder in meinem Bewusstsein angekommen ist, überkommt mich der grauenhafte Schmerz erneut. Erst jetzt nehme ich auch den feuchten Kissenbezug unter meinem Gesicht wahr, offenbar habe ich selbst im Schlaf nicht aufhören können zu weinen.

Zusammengerollt bleibe ich im Bett liegen und sehe auf den Wecker, der mir höhnisch engegenblinkt. Streng genommen müsste ich mich jetzt für die Arbeit fertig machen, aber allein die Vorstellung, Liam über den Weg zu laufen, lässt meine Augen von Neuem brennen und ich will nicht mehr weinen. Hinter meinen Schläfen dröhnt es wie verrückt, aber selbst eine Tablette zu holen, scheint mir jetzt zu viel zu sein. Ich greife nach meinem auf dem Nachttisch liegenden Handy und öffne, ohne hinzusehen, den Sperrbildschirm, da ich sonst Liams Bild darauf sehen würde. Eine Nachricht von Isa ist eingegangen.

Ich komme nachher bei dir vorbei. Keine Widerrede.

Eine Weitere von Aiden.

Bleib erst einmal zu Hause und nimm dir die Zeit, die du brauchst. Es tut mir so leid.

»Es tut mir so leid.« Genau das hat Liam auch gesagt. Von ihm sind ganze sechszehn Nachrichten. Kurzzeitig überlege ich, ob ich sie mir ansehe, doch er könnte ohnehin nichts sagen, was mich trösten würde. Das heißt, doch, das könnte er. Er könnte mir sagen, dass er der größte Vollidiot unter der Sonne ist und nicht wusste, was er da tut. Aber wenn dem so wäre, dann wäre er schon hier, anstatt mir jämmerliche Kurznachrichten zu schicken. Und so lösche ich die Nachrichten entschlossen, ohne einen Blick darauf geworfen zu haben.

Wenn ich dachte, dass es mir dadurch besser geht, weit gefehlt. Ohne dass ich es irgendwie beeinflussen könnte, laufen mir die Tränen seitlich aus den Augen, am Gesicht herab, wo sie in meinem Kissen landen.

Warum tut er mir das an? Warum sagt er mir in der einen Minute, dass er nie wieder aufhören wird, mich zu berühren, und in der nächsten trennt er sich von mir?

Wie oft habe ich mir am Anfang unserer Beziehung ausgemalt, wie schmerzhaft es werden würde, wenn Liam sich von mir trennt? Wenn er erkennt, dass er eben doch nicht für eine Beziehung geschaffen ist. Aber keine meiner schlimmsten

Befürchtungen kommt auch nur im Ansatz an die Gefühle heran, die mich jetzt tatsächlich innerlich zu zerreißen drohen. Mein zusammengezogener Magen rebelliert bei dem bloßen Gedanken an Kaffee und meine Brust ist so eng, dass ich das Gefühl habe zu ersticken.

Ein Teil von mir hofft, dass er einfach hereinspaziert und mich in den Arm nimmt, der andere Teil möchte ihm am liebsten ins Gesicht spucken. Vielleicht würde ich mich sogar besser fühlen, wenn ich wüsste, dass es von Anfang an nie mehr für ihn war, aber so ist es nicht. Liams Gefühle für mich waren echt, ich weiß es einfach. Vielleicht hat er aber auch seine tiefen freundschaftlichen Gefühle mit Leidenschaft verwechselt und jetzt festgestellt, dass es eben doch nicht reicht. Aber so? Von einem Moment auf den anderen, nachdem wir so viel Spaß hatten? Na gut, ich hatte beim Eislaufen sicherlich mehr Spaß als er, aber Liam ist jemand, der sich selbst nicht zu ernst nimmt und sehr gut auch über sich selbst lachen kann.

Nein, es ist ausgeschlossen, dass das der Grund für seinen Sinneswandel sein soll. Stirnrunzelnd sehe ich ins Nichts. Das nicht, aber vielleicht …

Das Klingeln an der Haustür reißt mich aus den Gedanken und lässt mich im Bett hochschrecken. Irgendwo im hintersten Winkel meines Unterbewusstseins hoffe ich, dass es Liam ist, auch wenn mir klar ist, dass dem nicht so sein wird.

Isa kommt die Stufen herauf und sieht mich mit in die Stirn gezogenen Augenbrauen an, vermutlich dachte sie, dass ich bereits startklar bin. Nachdem sie gestern all meine Schuhe wieder eingesammelt und in das Schuhregal gestellt hat, hat sie mir ein Taschentuch nach dem anderen gereicht. Dabei habe ich ihr versprochen, heute mit ihr im Water-Tower-Place zu frühstücken. Fand ich die Idee gestern auch noch ganz gut, wird mir jetzt schon allein von der Vorstellung schlecht. Ungeachtet dessen ziehe ich mir eine Jeans, Ballerinas und ein weites Shirt an, die Ablenkung wird mir guttun. Meine Haare knote ich, ohne sie zu kämmen, in einen unordentlichen Dutt und auch mein Gesicht lasse ich so, wie es ist.

Meine sonst immer so fröhlichen blaugrünen Augen liegen tief in den Höhlen und sind rot umrandend. Dazu noch die dunklen Ringe unter den Augen und die verotzte Nase. Was soll ich da denn bitte versuchen aufzuhübschen? Ich sehe aus wie Zombie Grusilla kurz vor dem endgültigen Ende.

Im offenen Flur nehme ich meine Tasche vom Haken und fange Isas mitleidigen Blick auf. Selbst wenn sie »Ich hab's doch gesagt« denken sollte, so sagt sie es nicht und ich bin ihr dankbar dafür.

Wenig später kommen wir im Water-Tower-Place an, der sich ganz in der Nähe zum Stone & Benett Investment befindet. In diesem Starbucks haben Liam und ich, je nachdem wer gerade dran war, unseren Kaffee geholt. Wie viele Mittagspausen haben wir gemeinsam hier verbracht …

Als könnte Isa meine Gedanken lesen, zieht sie mich am Starbucks vorbei in das Café, das sich eine Etage höher befindet und setzt mich wie ein kleines Kind auf der Bank ab, während sie Kaffee und Croissants besorgt. Wieder am Tisch lässt sie sich mit einem »Hast du Lust, morgen einen Film bei uns zu sehen?« neben mich auf die Bank fallen.

Isa ist eine absolute Kinonärrin und so hat Aiden ihr vor Jahren eine Art Kino im eigenen Haus geschenkt. Allein bei der Erinnerung, wie oft ich zusammen mit Liam in diesem Raum gesessen habe, muss ich erneut schlucken, bekomme mich aber unter Kontrolle.

»Ich muss morgen wieder arbeiten gehen.«

Erstaunt reißt Isa die Augen auf. »Aber Aiden hat gesagt, du kannst so lange zu Hause bleiben, wie du willst.«

Seufzend lasse ich mich gegen die Rückenlehne fallen. »Und das ist auch sehr nett von ihm, aber dann gibt es noch mehr Getuschel unter den Kollegen, weil ich einfach mal so zu Hause bleiben darf. Andere müssen auch mit Liebeskummer zur Arbeit.«

»Aber du kannst doch so nicht …«

Gerade will ich den Kaffeebecher an meine Lippen setzen, als ich Isa unterbreche. »DOCH, ISA! Ich kann und ich werde. Wer so bescheuert ist, sich von seinem Chef vögeln zu lassen, muss eben damit leben, dass man sich später andauernd über den Weg läuft.«

***

Nur mit größter Anstrengung habe ich aus dem Zombie Grusilla einen Eva ähnlichen Menschen gemacht und komme im Großraumbüro meiner Etage an. Alle scheinen sich mir gegenüber normal zu verhalten. Es werden keine Fragen gestellt, wo ich gestern war, und es gibt auch keine neugierigen oder mitleidigen Blicke. Erstmals bin ich wirklich froh, dass Liam und ich unsere Beziehung, oder das, was zumindest ich für eine gehalten habe, nie öffentlich gemacht haben. Die Einzige, die mich immer wieder musternd ansicht, ist Emma, meine direkte Vorgesetzte. Sie sagt jedoch nichts.

Nachdem ich die neuesten Investitionen geordnet habe und damit beginnen will, einen Text für den Pressesprecher zu formulieren, klingelt mein Telefon. Die Nummer auf dem Display verrät mir bereits, dass es Amelia, Liams Assistentin, ist. Noch einmal atme ich tief ein und hebe den Hörer ab.

»Amelia, was gibt's?« Na bitte, wenn sich das mal nicht fröhlich angehört hat.

»Hey Eva. Ich soll dir sagen, dass Liam dich in seinem Büro sprechen will.«

Sofort beginnt mein Herz zu rasen, jetzt spielt er also die Chefkarte aus. Er hat gestern noch unzählige Nachrichten geschickt, die ich allesamt, ohne sie zu lesen, gelöscht habe. Genauso habe ich seine Anrufe durchweg weggedrückt. Hier in der Firma jedoch habe ich das zu machen, was er sagt, und wenn er mich sprechen möchte, werde ich dem wohl oder übel Folge leisten müssen. Also umfasse ich den Telefonhörer noch etwas fester, frage Amelia, wann er das nächste Mal Zeit zwischen zwei Terminen hat, und lasse mich für zwei Uhr bei ihm eintragen.

Wie oft habe ich schon in diesem Fahrstuhl gestanden und den Zahlen auf der Etagenanzeige zugesehen, wie sie schnell hochzählen, um letztlich bei der Dreißig zu enden, wo sich die Türen öffnen. Ich kann mich an kein einziges Mal erinnern, bei dem ich wie jetzt mit einem unwohlen Gefühl aus dem Fahrstuhl gestiegen bin. Ganz im Gegenteil, ich habe mich zu jeder Zeit darauf gefreut, hier hochzukommen, weil ich wusste, dass ich Liam hier treffen werde.

Erneut könnte ich mir den Kopf darüber zerbrechen, was heute wäre, wenn wir uns nicht auf den Versuch eingelassen hätten, eine Beziehung zu führen. Andererseits habe ich das in den letzten beiden Tagen schon viel zu oft getan. Immer mit dem gleichen Ergebnis, da es völlig irrelevant ist. Es ist, wie es ist, und dabei spielt es keine Rolle, was wäre wenn, da es eben nur ein »wäre« und ein »wenn« ist.

Amelia telefoniert gerade und sieht nur flüchtig lächelnd zu mir hoch, bevor ihr Kopf erneut in meine Richtung ruckt und sie mich blinzelnd von oben bis unten mustert. Vielleicht ist meine Mission menschliche Eva doch nicht so geglückt wie gedacht. Peinlich berührt deute ich fragend auf Liams Tür, was sie zur Antwort nicken lässt. Ich trete an die Tür, atme einmal tief ein und wieder aus, wische meine Hände am Kleid ab und klopfe das erste Mal, seit wir uns kennen, an seine Bürotür, statt einfach einzutreten.

KAPITEL 13

Liam

Zum neunten Mal schraube ich den Kugelschreiber in meinen Händen auseinander, um ihn gleich darauf wieder zusammenzubauen. Es ist kurz vor zwei und Eva müsste jeden Moment in mein Büro kommen. Vermutlich wird sie stinksauer sein, wenn ich sie herzitiere, weil es ihr nicht möglich ist, die Aufforderung abzulehnen. Aber welche andere Wahl hatte ich denn?

Sie hat weder auf meine Anrufe noch auf meine Nachrichten reagiert, und es waren einige. Gestern bin ich zweimal bei ihr zu Hause gewesen, aber wie zu erwarten war, hat sie mir auch die Tür nicht aufgemacht.

Ich hebe den Blick, um die Uhrzeit vom Computerbildschirm abzulesen. Es ist zwei Minuten vor zwei. Umgehend zieht sich mein Magen schmerzhaft zusammen. Sie kommt nicht …

Als es endlich an der Tür klopft, bin ich erleichtert und enttäuscht zugleich. Hat Eva schon jemals angeklopft, wenn sie zu mir gekommen ist? Wenn, dann muss es verdammt lange her sein.

Mein Herz pumpt das Blut wie verrückt durch meine Ohren und einen Moment habe ich tatsächlich das Gefühl umzukippen, tue es aber leider nicht.

»Herein.« Na das tussige Gepiepse hat sie bestimmt gehört.

Räuspernd erhebe ich mich aus meinem Bürostuhl und wiederhole das »Herein« laut und deutlich.

Das Erste, was mir auffällt, sind ihre rot unterlaufenen Augen, die mir zeigen, dass sie geweint hat. Wegen mir. Weil ich so ein gottverdammtes Arschloch bin, das ihr Hoffnungen gemacht hat. Weil ich zu egoistisch war und sie wollte, statt mir einzugestehen, dass ich ihr nie das geben werde, was sie sich am meisten wünscht.

»Hallo Eva.« Wie ein Dussel stehe ich vor ihr, und weiß nicht was ich sagen soll. Seit sie vorgestern aus meinem Auto ausgestiegen ist, bin ich immer und immer wieder die Worte durchgegangen, mit denen ich ihr erklären wollte, warum ich mich von ihr getrennt habe. Und das obwohl, oder vielleicht sogar gerade weil, sie der wichtigste Mensch in meinem Leben ist. Um Zeit ringend, fahre ich mir mit der Hand durch die Haare, während sie ihre Arme vor der Brust verschränkt.

»Was willst du?«

Ich blicke wieder hoch und begegne ihren sonst immer neugierig funkelnden Augen, die mich so oft voller Wärme angesehen haben. Jetzt ist da nichts mehr. Völlig desinteressiert schweift ihr Blick durch den Raum.

»Ich würde gerne mit dir reden und versuchen dir zu erklär…«

»NEIN!« Harsch unterbricht sie mich. »Es gibt nichts, was du sagen könntest, das mir hilft.«

Damit dreht sie sich zur Tür um und geht darauf zu. Mit einem Satz bin ich bei ihr und halte sie an ihrem Handgelenk zurück.

»Eva, warte.«

Heftig entreißt sie mir ihren Arm und wischt sich über die Stelle, an der ich sie berührt habe, als wollte sie sich den Nachhall, den meine Berührung hinterlassen hat, von der Haut wischen. Prompt wünsche ich mir, ihr Blick wäre noch immer teilnahmslos, stattdessen blitzen ihre Augen wütend auf, Tränen sammeln sich darin.

»Fass mich ja nie wieder an, hast du das verstanden?! Und in Zukunft bestellst du mich nur noch in dein Büro, wenn es etwas mit meiner Arbeit hier zu tun hat.« Sie reißt die Tür auf und stürmt durch Amelias Büro hinaus in das Treppenhaus.

Amelia blickt mich leicht verdattert an, da sie noch nie erleben durfte, dass irgendjemand so mein Büro verlässt und mich wie einen Idioten in der Tür stehen lässt. Gerade will ich die Bürotür schließen, als der Fahrstuhl anzeigt, dass er auf dieser Etage angekommen ist und obwohl es zeitlich gar nicht möglich ist, keimt ein Funken Hoffnung in mir auf, dass es Eva ist. Statt ihr tritt jedoch Aiden aus dem Fahrstuhl, der uns begrüßt, bevor er seinen Blick fragend zwischen mir und Amelia pendeln lässt.

Am liebsten möchte ich die beschissene Tür laut zuschmeißen, noch besser, ich will sie zu Kleinholz zerschlagen, aber das geht natürlich nicht, und so schließe ich sie leise, genauso wie es sich für den öffentlichen Liam Benett gehört.

Allein in meinem Büro habe ich schlagartig das Gefühl zu ersticken. Mein Herz rast und mein Hals wird eng, sodass ich an meiner Krawatte reiße, um sie zu lockern. Zögernd gehe ich zu meinem Schreibtisch, lasse mich in den Stuhl fallen und trinke die

Flasche Wasser, die darauf steht, in einem Zug leer. Atemlos setze ich sie kurz darauf ab und starre auf das Bild vor mir. Es zeigt Eva und mich bei einem Besuch im Zoo. Wir haben gar nicht mitbekommen, dass Isa es schoss. Evas Kopf liegt auf ihrem Arm, den sie auf meiner Schulter abgelegt hat und lacht von dort zu mir hoch.

Überfordert stütze ich meinen Kopf in den Händen ab. Noch nie bin ich mir so hilflos wie in den letzten beiden Tagen vorgekommen. Bisher wusste ich immer, was ich als Nächstes tun muss, wie ich eine heikle Situation wieder geradebiegen kann oder wie ich meine innere Unruhe loswerden kann. Immer, bis auf einmal.

Ein müdes Lächeln entkommt mir … Was habe ich wohl gemacht, wenn ich meine innere Unruhe loswerden wollte?

Ich habe Eva angerufen. Entweder haben wir dann stundenlang nur geredet, oder sie hat mir so viele dumme Sprüche an den Kopf geworfen, bis das, was mich belastet hat, an die Seite geschoben wurde und sie mich mit ihrer immer fröhlichen Art angesteckt hat. Das, oder ich bin irgendwo vögeln gegangen, aber wenn ich daran denke, geht es mir nur noch beschissener.

Die Tür zu meinem Büro geht auf und Aiden kommt herein. Er stellt mir einen Whiskey vor die Nase, fläzt sich mir gegenüber in den Besucherstuhl und hält mir sein Glas entgegen.

»Zum Wohl.«

Stirnrunzelnd beobachte ich ihn dabei, wie er das Glas ansetzt und einen tiefen Schluck daraus nimmt.

»Du weißt aber schon, wie spät es ist, oder?«

»Das ist mir durchaus bewusst, ja. Und jetzt trink! Das beruhigt die Nerven.«

Eine Weile sitzen wir, ohne ein Wort zu sagen, nur zusammen, wofür ich Aiden dankbar bin, doch ich weiß, dass er sich nicht mehr lange zurückhalten wird.

»Warum tust du ihr das an? Warum tust du dir das an? Und jetzt sag mir nicht, dass du zurechtkommst.« Sein Blick wandert prüfend über mein Gesicht. »Du hast noch nie beschissener ausgesehen.«

»Danke für die Blumen, Arschloch.«

»Jetzt mal im Ernst, Liam.« Aiden lehnt sich zu mir und stützt seine Arme auf dem Schreibtisch ab. »Ihr seid zwei Monate durch und durch glücklich miteinander und nur weil du Erin über den Weg läufst, schmeißt du gleich alles hin?« Vorwurfsvoll sieht er mich an. »Wirklich, Liam, ich versuche es ja, aber ich kann es nicht verstehen. Erkläre es mir.«

Wie soll ich ihm was erklären, das ich selbst nicht verstehe? Und ja, wir waren glücklich.

Obwohl unser Start so holprig war, war da doch von Anfang an ein Draht vorhanden. Einerseits haben wir uns abgestoßen und konnten die Gegenwart des anderen kaum ertragen, anderseits haben wir, ohne es zugeben zu wollen, immer wieder den Kontakt zueinander gesucht. Rückblickend kann ich gar nicht sagen, ab wann genau unser Kontakt so innig wurde, aber im Laufe der Zeit ist Eva zu meinem Lebensmittelpunkt, meinem Ruhepol geworden. Wann immer sie mich brauchte, habe ich alles andere stehen und liegen gelassen und war für sie da. Und genauso war es umgekehrt.

Sie ist die einzige Frau, die wirklich mich kennt und nicht nur das, was ich nach außen hin präsentieren muss. Und was noch wichtiger ist, sie lässt mich so sein, wie ich eben bin, trotz meiner zugegebenermaßen vielen Fehler, die sie Stärken nennt. Sie weiß genau, wie sie mich aufbauen kann, wann ich reden und wann ich lieber einfach nur in ihrer Nähe sein will, ohne etwas zu sagen.

Die Gefühle, die ich für sie habe, und damit meine ich nicht die freundschaftlichen, sind nicht mit einem Knall gekommen, so wie ich es immer erwartet habe. Ganz im Gegenteil, sie kamen so unmerklich, dass ich sie selbst wenn ich gewollt hätte, nicht mehr hätte aufhalten können.

Zuerst waren da nur Kleinigkeiten. Dass ich unter ihrem eindringlichen Blick unruhig wurde, oder es mich gestört hat, wenn sie mit einem dieser Luftpumpen verabredet war. Dass ich mich gefreut habe, wenn sie mal wieder enttäuscht von einem Date war, und ich sie damit aufgezogen habe, um es zu überspielen. Mir war bewusst, worauf wir uns einlassen und dass es, sollte es nicht funktionieren, das Ende unserer Freundschaft bedeuten könnte. Ohne Rücksicht darauf zu nehmen, habe ich egoistisch, wie ich bin, trotzdem nicht auf den Versuch verzichten wollen. Und jetzt?

Jetzt habe ich das Gefühl, als würde nur noch eine Hülle von mir hier vor Aiden sitzen. Alles fühlt sich dumpf und sinnlos an. Hätte sie mich wenigstens angeschrien, oder mir eine geknallt, auf mich eingeprügelt, irgendwas. Alles wäre besser gewesen als ihre

Reaktion auf meine Berührung, fast so als würde ich sie nur noch anekeln.

Als ich Erin gesehen habe, sind all die schmerzhaften Erinnerungen wieder über mich eingebrochen. Erinnerung an die schlimmste Zeit in meinem Leben. Obwohl, wenn ich genau darüber nachdenke, ich glaube, die schlimmste Zeit wird erst jetzt kommen, wenn ich lernen muss, ohne Eva zu leben. Dabei weiß ich gar nicht mehr, wie es einmal ohne sie war und noch wichtiger, ich will es auch gar nicht mehr wissen.

Es ist bereits kurz nach acht am Abend, als Leo vor meinem Haus hält und mir beim Aussteigen helfen will.

»Watte.« Ich halte meine ausgestreckte Hand hoch, um ihm bei seinem Manöver Liam-aus-dem-Auto-wuchten zu unterbrechen. »Fahr mich zu Eva.«

Seine gerunzelte Stirn zeigt mir, dass er die Idee nicht so gut findet wie ich, aber das ist mir in diesem Moment auch scheißegal.

Irgendwann öffnet sich die Wagentür neben mir, wovon ich wach werde und einen Moment brauche, um mich zu orientieren. Ach ja, wir sind bei Eva und jetzt hole ich sie mir zurück. Leo zieht mich unsanft von der Rücksitzbank zu sich hoch und stellt mich wie einen Sack gegen das Auto gelehnt ab, wobei ich mir stöhnend an die Stirn fasse. Vielleicht hätte ich nicht so labil sein dürfen und Aiden seinen Scheiß alleine saufen lassen.

»Leo, nu eine Fragä, wie soll ich die Stufn da hochkomm?« Ich deute in Richtung von Evas Wohnblock, zumindest glaube ich das, doch Leos Blick folgt meinem Finger in die völlig falsche Richtung. Ach egal, zur Not krabbel ich zu ihr hoch.

Sehr gut, genau deswegen haben wir Leo eingestellt, man muss ihn nicht auf die Arbeit stoßen, er sieht sie einfach. So auch jetzt, als er sich bei mir unterhakt und mich mehr oder weniger zur Haustür trägt. Meine Füße baumeln an mir, als würden sie nicht mehr dazugehören, und schleifen über den Asphalt. Ganz kurz kommt mir in den Sinn, dass meine Schuhe schweineteuer waren, aber viel wichtiger ist doch die Frage, ob ich wirklich in der richtigen Verfassung bin, meine Eva zurückzuerobern.

Irgendwie ist es mir auch unangenehm, dass Leo mich so sieht, ihm wiederum scheint es sonst wo vorbeizugehen. Es macht fast den Eindruck, als würde er öfter irgendwelche Besoffenen durch die Gegend schleppen.

Glücklicherweise ist die Eingangstür wie so oft nicht verschlossen und wir kommen ungehindert in das Treppenhaus, wo mein Knöchel unsanft gegen den Treppenpfosten knallt.

»Aua Mann, pass doch auf.« Unbeholfen lasse ich mich auf die unterste Stufe sacken und reibe meinen Knöchel, während Leo mit einer erhobenen Augenbraue auf mich herunterblickt. »Mal ein bisschen vorsichtiger, ja?!«

Morgen werde ich mir ernsthaft überlegen müssen, ob ich Leo rausschmeißen muss oder ob es reicht, dass ich ihn irgendeine Verschwiegenheitsverpflichtung unterschreiben lasse. Hat mich schon je einer meiner Angestellten so besoffen gesehen? Hat mich überhaupt schon jemand besoffen gesehen?

»Machst du das eigentlich öfta? So 'ne Art Besoffenen-Transport-Dienst oda so?«

Leo grinst mich dümmlich an, als er mich von der Stufe hochzieht, mich ein zweites Mal unterhakt und mit mir die Treppe hochsteigt.

»Ich arbeite am Wochenende als Rausschmeißer in einem Klub.«

Aha.

»EVAAA.«

»Pscht Mann, Sie können doch hier nicht so rumbrüllen!«

Erstaunt lehne ich meinen Kopf zurück und sehe Leo an. Seid wann darf der mich »Mann« nennen? Mein Kopf schlackert unkontrolliert hin und her und unwillkürlich schiebt sich das Bild eines beschissenen Wackeldackels vor mein inneres Auge.

»EEEVVVAAA.«

Leo sieht mich ein weiteres Mal tadelnd an und ich grinse ihm blöd ins Gesicht. Was willst du jetzt, machen hä?

»Ist da unten bald mal Ruhe, wo sind wir denn hier?!«

Jetzt ist es Leo, der mich dumm angrinst, und ich lehne mich über das Treppengeländer, um bis in das oberste Geschoss sehen zu können, von wo aus mich Evas Obermieterin Mrs. – oh Verzeihung – Miss Meyer böse ansieht.

»Miss Meyer, vielleicht sind Sie ma nicht ganz so laut, es ist mitten inna Nacht. Mein Freund und ich hier sind vor Schreck fast die Treppe runtergefalln.«

Miss Meyer schnappt so empört nach Luft, dass ich Angst habe, die Lockenwickler könnten aus ihrem Haar und mir in die Fresse fliegen.

»Also das ist doch wohl die Höhe!«

»Ja, das muss ich aba auch ma sagen.« So erschüttert es nur geht, schüttle ich den Kopf, rapple mich von dem Geländer auf und gebe Leo zu verstehen, dass wir weiterkönnen.

»EEVVAA.« Ich gebe zu, dieses Mal habe ich nicht gerufen, um Eva mein Kommen anzumelden, sondern um die Lockenwickler-Furie zu provozieren. Hat auch wunderbar geklappt, sie donnert ihre Wohnungstür so heftig zu, dass selbst Leo erschrocken zusammenzuckt.

Endlich stehen wir vor Evas Wohnungstür, wo ich leise klopfe und gegen die Tür flüstere: »Eva, bist du wach?«

»Nee quatsch. Warum denn? Sie und die Lockenoma haben eben ja nur das ganze Haus zusammengebrüllt. Mann, Mann, Mann, Besoffene können aber auch manchmal bescheuert sein.«

»Na also, das hätten Sie aba ma zu mir sagen solln.«

Leo sieht mich kurz verwirrt an, schüttelt dann den Kopf und bollert gegen Evas Tür, die sich augenblicklich öffnet. Da steht sie in ihrem gammeligen, rosa verwaschenen Schlafanzug, die Haare in sämtliche Richtungen abstehend und doch ist sie das Schönste, was ich je gesehen habe.

Eva reibt sich die Augen, sieht von meinem Gesicht aus an mir herunter, wobei sich ihr Mund angewidert verzieht, und blickt dann fragend zu Leo.

»Nun guck mich nicht so an, ich mache hier nur meinen Job.«

»Aha.« Drohend halte ich meinen Zeigefinger vor Leos Nase. »Na, Sie legen sich aber ziemlich weit aus'm Fensta, mein Lieba. Sie meinten mich mit dem bescheuerten Besoffenen, nä?«

Leo runzelt die Stirn und ich kann wohl sehen, dass seine verdammten Mundwinkel zucken.

»Das klär'n wir morgen.« Selbst ich komme mir langsam bescheuert vor und ziehe meinen Finger zurück, um mich dem eigentlichen Grund meines Hierseins zu widmen.

»Könn wir reden?«

»Nein Lia…«

»Herrgott, Miss Smith, jetzt holen Sie diesen Jammerlappen endlich in Ihre Wohnung. Es gibt in diesem Haus auch noch Leute, die schlafen wollen.«

Eva verdreht genervt die Augen und ich weiß, die alte Wachtel Meyer hat gerade alles für mich rausgerissen.

»Ja Mrs. Meyer, Entschuldigung.«

»Ich bin eine Miss.« Rums. Wieder knallt sie die Tür zu.

Leo trottet lachend mit einem »Ich bin unten, wenn er wieder abgeholt werden kann« die Treppen runter und endlich tritt Eva beiseite, um mich in ihre Wohnung zu lassen. Am liebsten möchte ich Leo noch einmal zurückpfeifen, damit er mich hereinträgt, aber ein bisschen Würde muss selbst ich mir erhalten. Mit aller Konzentration gehe ich an Eva vorbei, stelle mich aber sicherheitshalber von innen wieder gegen die Wand.

»Also, was willst du? Noch dazu mitten in der Nacht.«

»Ich vermisse dich.«

Sie lacht trostlos auf und verschränkt die Arme vor der Brust.

»War's das schon?«

Hm, war's das schon? Nein, das war es noch nicht. Die Wörter in meinem Kopf überschlagen sich förmlich, weil es so vieles gibt, was ich sagen will. Mein besoffenes Hirn bekommt nur die Sätze nicht zusammen, vermutlich würde ich aber auch nüchtern nicht ausdrücken können, was ich gerade empfinde. Noch nie hat Eva mich mit solcher Verachtung angesehen und noch weniger hätte ich je gedacht, wie sehr es mich treffen könnte, wenn sie es tut. Dabei ist es genau das, ich vermisse sie.

Sie ist das Erste, an das ich denke, sobald ich morgens aufwache, und das Letzte, bevor ich einschlafe. Wenn man das stündliche Aufwachen denn schlafen nennen könnte. Die Zeit zwischen erwachen und einschlafen ist noch schlimmer. Immer wieder frage ich mich, wie es ihr geht. Vielleicht genauso schlecht wie mir? Ob es sich für sie auch anfühlt, als würde ihr der rechte Arm fehlen? Dabei erkenne ich, dass ich gar nicht erst versuche, nicht an sie zu denken, weil ich Angst habe, dann irgendeine Kleinigkeit an ihr zu vergessen. Den Duft ihrer Haare, den Klang ihres Lachens und wie sie dabei manchmal dieses grunzende Geräusch von sich gibt. Ihr verträumtes in den Haaren Spielen und sogar ihre schlampige Art.

Ich merke, wie sich ein Kloß in meinem Hals bildet, gegen den ich mühsam anschlucke, und meine verdammten Augen brennen … Oh nein, Benett, reiß dich zusammen! Mutierst du jetzt zur Pussy?

»Seit wann hast du das Saufen angefangen?«

Völlig aus den Gedanken gerissen blicke ich zu Eva auf, die mich prüfend mustert.

»Heute. Aiden meint, es hilft manchmal.«

Sie sieht mir kurz in die Augen und einen Moment lang blitzt meine Eva darin auf.

»Und hat er recht? Hilft es?«

Bevor ich ihr antworte, schlucke ich noch einmal hart gegen den Kloß an.

»Nein, tut es nicht.«

Tränen sammeln sich in ihren Augen und sie presst ihre schönen Lippen zu einer harten Linie aufeinander. Dann dreht sie sich um, öffnet die Tür und sieht mich auffordernd an.

»Du solltest jetzt gehen.«

Ich weiß nicht, ob ich wegen des vielen Alkohols nicht mehr stehen kann, ob ich es wegen ihm nicht mehr zurückhalten kann oder ob er einfach jede Hemmschwelle in mir lahmgelegt hat, und es ist mir scheißegal. Mit dem Rücken an der Wand rutsche ich zu Boden und vergrabe mein Gesicht in den Händen, ein letzter armseliger Versuch, ihr nicht zu zeigen, was ich für ein elender Jammerlappen bin. Aber selbst ich bin nicht besoffen genug, um nicht zu merken, wie mein ganzer Körper zu beben beginnt. Flenne ich etwa?

Ich habe alles falsch gemacht, was man nur falsch machen kann, und habe die einzige Frau, die ich am liebsten in jeder Minute um mich haben will, von mir gestoßen. Und das alles nur, weil ich dachte, dass es das Beste wäre. Weil ich ihr nie geben werde, was sie sich wünscht, und sie aber genau das und noch viel mehr verdient hat, nur eben nicht mit mir.

Bevor ich hier morgen noch sitze und sie die Flennpolizei ruft, sollte ich Leo anrufen, damit er mich die Treppe wieder runterschleifen kann. Möglicherweise sollte ich es aber auch selbst versuchen und habe das zweifelhafte Glück, mir das Genick zu brechen? Evas Hand, die plötzlich durch mein Haar streift, lässt mich aufblicken. Langsam setzt sie sich neben mich an die Wand und reicht mir eine Packung Taschentücher, die ich dankend annehme. Nachdem ich vermutlich auch nicht besonders ansehnlich die halbe Packung vollgerotzt habe, suche ich ihren Blick und könnte schon wieder losflennen. Als ich gerade überlege, mein Handy aus der Hose zu fischen und Leo anzurufen, zieht Eva mich in ihre Arme und vergräbt ihre Nase in meiner Halsbeuge.

Das Gefühl, das mich dabei durchströmt, ist mit nichts vergleichbar. Meine körperliche Anspannung lässt augenblicklich nach, auch wenn sie nicht gänzlich verschwindet und an den Stellen, wo ihre Haut meine berührt, breitet sich ein warmes Kribbeln bis in die letzten Ecken meines Körpers aus.

Erleichtert nehme ich sie ebenfalls in den Arm und drücke sie fest an meinen Körper, wobei ich ihren unverwechselbaren Geruch wahrnehme. Das Zittern ihrer Schultern verrät mir, dass auch ihre Fassade bröckelt und so sitzen wir beide heulend auf dem Fußboden ihrer Wohnung, nur weil ich zu viel Schiss habe. Zu viel Schiss vor dem, was Eva irgendwann von mir erwarten wird, und noch mehr davor, dass ich eigentlich genau dasselbe auch von ihr will. Aber am meisten davor, dass sie herausfindet, warum ich uns genau das nicht geben kann.

Jegliches Zeitgefühl völlig verloren, weiß ich nicht, wie lange wir schon auf dem Boden sitzen. Noch immer halte ich Eva in meinen Armen und allein der Gedanke, dass ich sie irgendwann loslassen soll, bereitet mir fast körperliche Schmerzen. Immer wieder streiche ich mit meinen Fingern über ihre Haare, als würde ich nicht nur sie, sondern auch mich damit beruhigen können. Obwohl es so viel zu bereden gibt, haben wir nicht ein weiteres Wort miteinander gewechselt.

In diesem Moment bin ich fast sicher, dass ich uns beiden diese Hölle ersparen könnte. Dass Eva mich sofort zurücknehmen würde, wenn ich ihr erkläre, warum ich mich von ihr trennen musste. Wenn ich ihr erzähle, warum meine Vorstellungen einer Zukunft eigentlich genau wie ihre sind und ich dem aber doch nicht nachgeben kann. Nicht kann und nicht will. Sie würde, ohne darüber nachzudenken, ihre eigenen Wünsche hinter meine stellen und auf den Traum einer Familie verzichten, aber will ich das? Wenn ich sehe, mit wie viel Liebe sie Ethan ansieht, wenn sie ihn auf ihrem Arm wiegt. Wie glücklich sie aussieht, wenn Emily sie an ihren Zwergentisch zwingt und ihr nicht vorhandenen Tee einflößt.

Nein, ich weiß, dass ich damit nicht leben könnte, und so will ich ihr diese Möglichkeit lassen, auch wenn mir alleine bei der Vorstellung von ihr und einem anderen Kerl die Galle hochkommt.

Das Klingeln meines Handys reißt mich aus meinen Gedanken, es ist Leo, der mich fragt, ob ich hierbleibe oder ob er mich wieder abholen soll. Armer Kerl, ihn hatte ich völlig vergessen. Unter diesen Umständen will ich den »bescheuerten Besoffenen« mal unter den Tisch fallen lassen.

Keine Ahnung wie, aber irgendwie stelle ich mich ohne Hilfe auf und kann sogar ziemlich gerade stehen. Im Gegensatz zu vorhin fühle ich mich jetzt deutlich klarer. Ich gehe an Eva vorbei, die mir die Tür aufhält, und drehe mich noch einmal zu ihr um. Ihre Augen sind glasig und verquollen vom Weinen, auch die blasse Haut ihrer Nase ist ganz rot. Wie ich selber aussehe, kann ich glücklicherweise nicht sehen und im Grunde ist es mir auch egal. Ich lege meine rechte Hand an ihre Wange, in die sie sich sofort mit geschlossenen Augen anschmiegt. Nichts von unserer Vertrautheit ist weg. Noch nicht.

»Eva, ich … Es tut mir so leid.« Sie öffnet ihre Augen und erneut füllen sie sich mit Tränen. »Glaubst du, dass wir irgendwann wieder …« Ich schlucke hart, weil es sich so bescheuert anfühlt, das zu fragen. »Glaubst du, wir können irgendwann wieder Freunde sein?«

Eva entzieht mir ihr Gesicht und streicht mir eine wirre Haarsträhne aus meiner Stirn, während ihr eine Träne über die Wange läuft.

»Nein, Liam, das glaube ich nicht. Und wenn du ehrlich bist, dann sind wir beide nie einfach nur Freunde gewesen.«

Ehe ich noch etwas erwidern kann, schließt sie die Tür vor meiner Nase und das Räuspern hinter mir erinnert mich daran, dass Leo mich holen wollte. Wie in Zeitlupe drehe ich mich um und nehme nur am Rande wahr, wie Leo kurzfristig die Gesichtszüge entgleiten. Demnach sehe ich wohl genauso beschissen aus, wie ich mich fühle. Flüchtig denke ich daran, dass morgen vermutlich jeder in der Firma wissen wird, was Liam Benett für eine Weichflöte ist, aber das ist momentan mein allerkleinstes Problem. Als wäre ich von einem Moment auf den anderen wieder nüchtern, gehe ich die Treppe – wenn auch recht langsam – ohne Leos Hilfe alleine herunter, gehe zum Auto, wo ich darauf warte, dass er es entriegelt und ich einsteigen kann.

Ohne Unterlass kreisen Evas Worte in meinem Kopf. »*Wenn du ehrlich bist, dann sind wir beide nie einfach nur Freunde gewesen.*« Und je mehr ich darüber nachdenke, desto klarer sehe ich es. Eva und ich haben fast nie über andere Männer oder Frauen gesprochen und wenn, dann nur sehr oberflächlich oder ins Lächerliche gezogen. Erstmalig gestehe ich mir ein, dass wir einfach nicht wissen wollten, dass und ob da jemand anderes ist. Wir haben seit jeher den täglichen Kontakt zueinander gesucht und sei es nur über Kurznachrichten, weil wir uns gegenseitig vermisst haben. Wenn wir uns mal gestritten haben, war es nie nur ein einfacher Streit unter Freunden, sondern es ging sehr viel tiefer. Wir beide haben dann regelrecht gelitten, bis einer von uns eingelenkt hat, was meistens recht schnell ging. Wie oft haben wir beide nach Ausreden gesucht, wenn wir mal wieder für ein Paar gehalten wurden, anstatt nur darüber zu lachen, weil es so abwegig wäre. Das Kribbeln meiner Haut, wenn ich sie berührt habe, ihre Gabe, mich innerhalb von Sekunden mit Kleinigkeiten auf hundertachtzig zu bringen und mich mindestens genauso schnell wieder runterzubringen. Mein dämliches Grinsen, immer wenn ich sehe, dass die eingegangene Nachricht auf meinem Handy von ihr ist.

Eva hat recht, wir waren nie einfach nur Freunde …

Als das Auto zum Stehen kommt, blicke ich auf und sehe, dass wir bereits bei mir angekommen sind. Leo will gerade aussteigen, um mir aus dem Wagen zu helfen, doch ich winke ab, da ich das inzwischen wohl wieder alleine hinbekomme.

»Darf ich indiskret sein, Mr. Benett?«

Wäre mir nicht immer noch, oder schon wieder, zum Heulen zumute, würde ich vermutlich lachen. Witzig, so eine Frage von ihm zu hören, nachdem was er heute Nacht alles mitbekommen hat.

»Sicher.«

»Ich weiß nicht, warum Sie sich von Eva getrennt haben und warum Sie es offenbar dabei belassen wollen. Aber überlegen Sie sich gut, ob das Gefühl, das sie davon abhält, stärker ist als das, welches Sie für Eva empfinden.«

Schnell wende ich meinen Blick von ihm ab und sehe aus dem Seitenfenster auf mein Haus. Das Haus, von dem ich wollte, dass Eva mit mir darin lebt, und was sie abgelehnt hat, weil sie sich meiner nicht sicher war. Schwach nicke ich Leo zu, öffne die Tür und will gerade aussteigen, als er mich noch einmal anspricht.

»Ach und Mr. Benett. Was auch immer heute Abend passiert ist, behalte ich natürlich für mich.«

KAPITEL 14

Eva

Völlig übermüdet betrete ich mit klopfendem Herzen die in Beige- und Grautönen gehaltene Eingangshalle von Stone & Benett Investment. Sowohl links als auch rechts an den Wänden befinden sich jeweils vier Aufzüge aus schwarzem Glas, von denen nur die zur rechten in die Firma führen. Die linken gehören zu den Wohnungen der unteren fünfzehn Etagen.

Nachdem Liam gegangen ist, war an Schlaf natürlich nicht mehr zu denken. Die restliche Nacht habe ich mich von einer Seite auf die andere gewälzt und bin seinen Besuch immer und immer wieder durchgegangen. Noch nie habe ich ihn so gesehen.

Ganz davon abgesehen, dass Liam, so lange wie ich ihn kenne, noch nie betrunken war, sah er mindestens genauso furchtbar aus, wie ich mich fühle. Seine wunderschönen eisblauen Augen hatten jeglichen Glanz verloren und lagen tief in ihren Höhlen. Dazu die dunklen Augenringe, die ihn um Jahre älter wirken ließen. Doch so sehr ich mir auch den Kopf zerbreche, ich komme nicht zu dem Schluss, warum er uns das antut, wenn es ihm doch ebensolche Schmerzen bereitet wie mir.

Während ich geradeaus auf den Empfang zugehe, sehe ich mich immer wieder panisch um, in der Angst, auf ihn zu treffen. Bitte lass ihn noch nicht hier sein. Bei der liebreizenden Mrs. Jenkins – die vor lauter Gewicht an Wimperntusche wieder mal kaum aus den Augen gucken kann – angekommen, frage ich sie, ob Liam schon da sei, was sie verneint. Damit fällt mir ein erster Stein vom Herzen und ich gehe im Laufschritt auf die Fahrstühle zu, um ganz nach oben zu fahren.

Amelia scheint ehrlich erfreut zu sein, mich zu sehen, und auch ich muss zugeben, dass mir unsere allmorgendlichen Unterhaltungen, selbst wenn sie nie länger als zehn Minuten angedauert haben, fehlen. Sie teilt mir mit, dass Liam noch nicht da sei, und sieht mich erstaunt an, als ich ihr mitteile, dass ich heute ausnahmsweise einmal zu Aiden und nicht zu Liam möchte. Ich klopfe an die Tür, warte das »Herein« ab und betrete sein Büro.

Offen gesagt habe ich erwartet, dass es ihm aufgrund des gestrigen Alkoholkonsums schlecht geht, aber er sieht so gut aus wie immer. Als er sieht, dass ich es bin, steht er auf, umrundet seinen Schreibtisch und nimmt mich zur Begrüßung kurz in den Arm. Ursprünglich wollte ich den Vorteil, mit meinem Chef befreundet zu sein, nie ausnutzen, aber ich kann einfach nicht anders. Allein bei der Vorstellung, mit Liam in einem Gebäude zu sein, rast mein Herz in ungesundem Tempo los und mein Magen spielt verrückt.

»Meinst du, ich kann mir doch spontan zwei oder drei Tage freinehmen?«

Aiden deutet mit seiner Hand auf einen Besucherstuhl und setzt sich selbst dem gegenüber auf die Kante seines Schreibtisches. Nachdenklich blicke ich von Aiden zum Stuhl, von dort zur Bürotür und wieder zu Aiden und als könnte er meine Überlegung hören, spricht er diese aus. »Liam kommt heute sicher ein bisschen später.«

Das beruhigt mich zwar nicht wirklich, dennoch setze ich mich auf den Stuhl und sehe Aiden abwartend an, da ich noch immer keine Antwort auf meine Frage bekommen habe. Dabei brennt mir die nächste schon auf der Zunge.

»Wie kommt es, dass du heute so gut aussiehst?«

Er runzelt die Stirn und sieht mich fragend an.

»Liam er … er war gestern Nacht bei mir.« Gedankenverloren knete ich meine Finger in meinem Schoß, bevor ich ärgerlich zu Aiden aufsehe. »Seit wann hast du eigentlich so tolle Tipps auf Lager, dass er sich besaufen soll, und dann wird es schon wieder werden?«

»Halt, halt, halt.« Aiden stößt sich vom Schreibtisch ab und geht zu seinem Bürostuhl, in dem er wieder Platz nimmt. »Ich habe nicht gesagt, dass dann alles wieder wird, sondern dass es manchmal hilft, die Nerven zu beruhigen. Außerdem habe ich nie gesagt, dass er die ganze Bar leer saufen soll. Das hat er ganz allein gemacht.«

Weil ich nicht weiß, was ich darauf noch erwidern soll, erinnere ich ihn an den eigentlichen Grund, aus dem ich hier bin.

»Kann ich dann ein paar Tage freimachen?«

»Ich habe es dir schon einmal angeboten, daher werde ich jetzt sicher nicht Nein sagen.«

Ihn dankend anlächelnd, stehe ich auf und wende mich zum Gehen, als Aiden schon neben mir steht.

»Habt ihr geredet?«

»Nein, wir haben einfach nur geheult und dagesessen.«

Aus dem Augenwinkel nehme ich Aidens überraschtes Zucken wahr, da er vermutlich genauso überrascht ist wie ich.

Ja, Liam hat geweint, um uns. Wenn ich es nicht mit eigenen Augen gesehen, mit eigenen Ohren gehört und mit eigenen Händen gefühlt hätte, würde ich es selbst nicht glauben können. Ein letztes Mal, bevor ich gehe, suche ich in Aidens Blick nach Erklärungen, dabei ist mir klar, dass er mir nie etwas über Liam sagen wird, was dieser nicht will. Die Loyalität der beiden ist seit ihrer Kindheit ungebrochen und steht über allem. Ein machtvolles, wütendes Kribbeln durchströmt mich und ich habe den Wunsch, irgendetwas kaputt zu machen, auf irgendetwas einzuschlagen, vielleicht sogar auf Aiden, der mir nicht weiterhilft, obwohl er es vermutlich könnte. Stattdessen nimmt er mich in den Arm und ich kralle mich mit meinen Händen in seinem Jackett fest, während ich meine Augen fest zusammenkneife und meine Lippen aufeinanderpresse. Wenn ich jetzt anfange zu weinen, kann ich nicht mehr aufhören und das will ich einfach nicht. Ich habe in den letzten Tagen wahrlich genug Tränen vergossen, ganz zu schweigen von dem Getuschel, wenn ich frisch verheult durch die Firma latsche.

Als ich wenig später Aidens Büro verlasse, werfe ich einen prüfenden Blick zu Liams Bürotür und gehe, ohne noch einmal bei Amelia anzuhalten, direkt zu den Fahrstühlen, um die Firma schnellstmöglich zu verlassen. Draußen angekommen, wähle ich Isas Nummer, da Aiden mir mitgeteilt hat, dass sie heute Vormittag in den Water-Tower-Place wollte. Tatsächlich habe ich

Glück und so verabreden wir uns in zwanzig Minuten im Starbucks.

Jawohl, im Starbucks, schließlich kann ich nicht ewig die Orte meiden, die mich an Liam erinnern, dann dürfte ich nämlich nie mehr meine Wohnung verlassen. Obwohl, eigentlich dürfte ich dann auch nicht mehr in meine Wohnung.

Als ich den Starbucks betrete, sitzt Isa bereits an einem der Tische und winkt mir mit der freien Hand zu, mit der anderen schiebt sie den Kinderwagen neben sich vor und zurück. Ich deute ihr mit der Hand, dass ich direkt einen Kaffee für uns bestelle und ihn mit zum Tisch bringe. Der Laden ist wie immer gut besucht und so stelle ich mich in die Warteschlange, bis ich endlich an der Reihe bin, um meine Bestellung aufzugeben.

»Hallo, kennen wir uns nicht?«

Och nee, oder? Auf Anmachsprüche à la würg habe ich jetzt wirklich überhaupt keine Lust. Folglich drehe ich mich schon mit dem passenden Spruch auf den Lippen um, als mir die Worte im Hals stecken bleiben. Vor mir steht der Typ, den wir auf dem Parkplatz des Eisstadions getroffen haben. Mit offen stehendem Mund starre ich erst ihn und dann seine ausgestreckte Hand an, bevor ich mich wieder fange und ihm meine Hand reiche. Glücklicherweise kommen noch ein paar journalistische Gehirnzellen zum Vorschein, die mich erinnern, ihn nach seinem Namen zu fragen. Namen sind immer zu gebrauchen.

»Ja natürlich, ich erinnere mich. Und Sie sind?«

»Entschuldigung, wir sind gar nicht dazu gekommen und vorzustellen. Ich bin Lucas Johnson, Erins Bruder.«

Erin? Ist das der Name der Frau, auf die Liam so merkwürdig reagiert hat? Noch bevor ich zu Ende überlegt habe, was ich jetzt sagen könnte, spricht er weiter.

»Ich hatte gehofft, dass sich die Spannung zwischen Erin und Liam in den Jahren gelegt hätte, aber offensichtlich ist dem leider nicht so.« Er nimmt seinen Kaffee vom Barista entgegen und wendet sich dann erneut lächelnd mir zu.

Sag was, Eva, tu so als wüsstest du, wovon er redet!

»Ja, das Aufeinandertreffen war in der Tat etwas unangenehm für uns alle.«

»Aber es ist schön zu sehen, dass Liam wieder jemanden gefunden hat.«

Ich schlucke hart, gehe aber nicht weiter auf seine Worte ein.

»Sie sagten, dass Erin Sie nur besucht, lebt sie nicht hier?«

Auch mein bestellter Kaffee wird mir jetzt über den Tresen zugeschoben und so gehe ich zur Seite, um den Wartenden hinter mir Platz zu machen. Als wüsste ich, dass gleich irgendwas gesagt werden könnte, was meinen zum Zerreißen gespannten Nerven den Rest gibt, stelle ich die Becher auf dem nächsten freien Stehtisch ab. Dabei gebe ich Isa, die mich fragend ansieht, ein Zeichen, dass ich gleich bei ihr bin.

»Nein. Nachdem sie und Liam die Hochzeit damals abgesagt haben, hat sie die Stadt verlassen.«

Diese Information trifft mich völlig unvorbereitet und ich glaube, den Boden unter meinen Füßen zu verlieren. Ich spüre regelrecht, wie das Blut meinen Kopf verlässt und mir stattdessen der kalte Schweiß aus jeder Pore schießt. Mein Herz hämmert wild in meiner Brust und alles um mich herum kommt nur noch wie durch einen Schleier an mich heran.

»EVA? EVA!« Erst als ich unsanft geschüttelt werde, nehme ich Isa vor mir wahr, die mich mit weit aufgerissenen Augen ansicht. Mehrmals blinzelnd versuche ich, meine Gedanken zu ordnen und doch dröhnt mir immer und immer wieder nur dieser eine Satz im Kopf: »Nachdem sie und Liam die Hochzeit damals abgesagt haben, hat sie die Stadt verlassen.«

Liam wollte heiraten. Wann war das? Es muss vor meiner Zeit gewesen sein und ich habe nie etwas von einer Hochzeit gehört.

»Wusstest du, dass Liam heiraten wollte?«

Isa runzelt ihre Stirn, sieht fragend zu Lucas, der noch immer verdattert neben uns steht, und dann wieder zu mir.

»Liam? Nein. Wer erzählt denn so einen Quatsch.« Wieder wendet sie sich Lucas zu, dem sie den Kinderwagen in die Seite rammt. »Erzählen Sie hier so eine gequirlte Kacke?«

»Ich, ähm.« Sein Blick wechselt zwischen Isa und mir. »Es tut mir leid, ich dachte, dass Sie darüber Bescheid wüssten.« Damit dreht er sich um und geht.

Minutenlang starre ich nur auf den unberührten Kaffee vor mir, als würde ich darin irgendeine Antwort finden.

»Tut mir leid Isa, wir holen das nach, versprochen, aber ich muss jetzt los.«

Völlig außer Atem betrete ich heute schon zum zweiten Mal die Eingangshalle von Stone & Benett Investment. Dieses Mal gehe ich direkt auf die Fahrstühle zu, wobei ich der Jenkins die Frage zurufe, ob Liam inzwischen da sei, was sie mit einem Nicken beantwortet.

Ganz oben auf seiner Etage angekommen, stampfe ich direkt auf seine Bürotür zu und bin froh, dass Amelia nicht an ihrem Platz sitzt. Zwar habe ich mir vorgenommen, die Distanz zu wahren und zukünftig immer zu klopfen, heute mache ich jedoch noch einmal eine Ausnahme. Deshalb reiße ich die Tür auf und knalle sie direkt hinter mir wieder ins Schloss, während ich auf ihn zugehe.

Liam schreckt von seinem Schreibtisch hoch, doch seine Gesichtszüge erhellen sich sofort, als er mich sieht.

»Eva, ich wollte dich noch anruf…«

»Spar dir das, du verlogener Drecksack! Die beiden am Eisstadion, klingelt da was bei dir?«

Liam schluckt so hart, dass sich sein Adamsapfel deutlich bewegt, und verschränkt die Arme abwehrend vor seiner Brust.

»Werde deutlicher, Eva! Es gibt doch etwas, was du wissen willst, oder?«

Sein eben noch freudiges Gesicht ist einem harten Ausdruck gewichen und seine ganze Körperhaltung strahlt Arroganz, Abneigung und pure Provoaktion aus. Er will, dass ich deutlicher werde, bitte schön.

»Da du mich sofort, nachdem du sie gesehen hast, abserviert hast, liegt der Gedanke nah, dass du jetzt LIEBER WIEDER DEINE VERLOBTE STATT MICH VÖGELST.« Völlig außer mir habe ich ihm die letzten Worte so laut entgegengeschrien, dass die gesamte Etage ihre Freude daran gehabt haben dürfte, aber es gibt momentan nichts, was mir mehr am Arsch vorbeigehen könnte. Und was macht er, er steht noch immer wie eine Statue vor mir und sieht mich unbeteiligt an.

»Hast du dazu nichts zu sagen?«

»Nein. Wenn das deine Meinung von mir ist, dann werde ich das wohl so hinnehmen müssen.«

»WAS?« Ungläubig lasse ich meinen Blick über sein Gesicht gleiten und suche nach dem Liam, mit dem ich seit Jahren mein Leben teile. Unbändige Wut kriecht mir den Nacken hoch und ehe ich mich selbst zurückhalten kann, hebe ich meine Hand, die er jedoch, kurz bevor sie seine Wange erreicht, mit seiner Hand an meinem Handgelenk stoppt. In diesem Moment fällt alle mühsam beisammengehaltene Kraft von mir ab und ich lasse meinen Arm kraftlos in den Halt seiner Hand fallen. Mit allem habe ich gerechnet, alle Möglichkeiten habe ich durchgespielt, doch nie, niemals habe ich damit gerechnet, dass Liam mich so bösartig hintergehen könnte. Dass er mich so verletzen könnte und dann nicht einmal den Mut hat, es mir auch ins Gesicht zu sagen. Warum habe ich es nicht gemerkt, nachdem ich geglaubt habe, ihn besser zu kennen als mich selbst.

»Du überhebliches Arschloch, du schuldest mir verdammt noch mal mehr als das!« Ein trockener Schluchzer unterbricht mich, was mich dazu bringt, ihm abrupt meine Hand zu entreißen und zur Tür zur stürmen.

»Erin war mit meinem Kind schwanger …«

Mit der Hand bereits am Türgriff halte ich inne. Einen nicht enden wollenden Moment lang habe ich das Gefühl, endgültig den Boden unter meinen Füßen zu verlieren. Das Blut rauscht viel zu laut durch meine Ohren, mein Atem geht schnell und einen Atemzug lang wünsche ich mir, den Anzeichen der Ohnmacht nachgeben zu können.

»Und ich bin schuld, dass es dieses Kind heute nicht gibt.«

Erschrocken schnappe ich nach Luft und kann einfach nicht glauben, was ich da höre. In dem Augenblick geht die Tür auf und Aiden spricht Liam bereits an, bevor er uns sehen kann.

»Wir müssen los, kommst du?« Erst jetzt sieht er zu mir herunter und zieht seine Augenbrauen zusammen.

»Was ist denn mit dir passiert? Ist alles in Ordnung?«

Ohne ihm zu antworten, stehe ich völlig überfordert da. Sie war schwanger. Sie war schwanger und er …

»Ich kann auch ohne dich zu dem Termin fahren.« Aiden sieht von Liam zu mir und wieder zurück.

»Nicht nötig. Eva und ich haben alles geklärt.« Damit geht Liam an mir vorbei und eine unangenehme Gänsehaut überzieht meinen Körper. Noch nie habe ich diese Kälte in seiner Stimme, nein, in seinem ganzen Sein wahrgenommen.

Schwer schluckend, sehe ich zu Aiden auf, der mich weiterhin besorgt ansieht, und ringe mir ein falsches Lächeln ab.

»Geh schon, ich komme klar.«

»Sicher?«

Tränen sammeln sich in meinen Augen, trotzdem lächle ich weiter und nicke ihm übertrieben zu.

»Sicher.«

KAPITEL 15

Eva

Seit ich gestern aus Liams Büro nach Hause gefahren bin, sitze ich apathisch, mit an den Körper gezogenen Knien auf der Couch und starre aus dem Fenster. Unzählige Male habe ich über seine Worte nachgedacht. Habe mir den Kopf darüber zerbrochen, was er damit gemeint haben könnte, er sei schuld daran, dass es dieses Kind heute nicht gibt. Seine Worte und die Gestik waren eindeutig und lassen wenig Spielraum zu, doch will das Gesagte einfach nicht mit dem Liam übereinstimmen, den ich kenne.

Liam liebt Kinder und selbst wenn er keine haben will, kann und will ich einfach nicht glauben, dass er nicht dazu stehen würde, wenn es doch passiert. Auch passen diese Aussagen so gar nicht mit dem Aufeinandertreffen von ihm und dieser Erin zusammen. Je mehr ich über dieses kurze Treffen nachdenke, desto klarer wird mir, dass Liam diese Frau aus tiefster Seele zu hassen scheint. Wenn es so ist, wie er sagt, müsste es dann nicht eher umgekehrt sein? Müsste dann nicht sie ihn hassen?

Müde reibe ich mir mit den Fingern über die Augen und möchte meine sich im Kreis drehenden Gedanken so gerne abschalten, doch ich kann es einfach nicht. Irgendetwas muss ich tun, sonst werde ich noch wahnsinnig. Mir ist noch nicht ganz klar, was genau ich finden will und im Grunde ist es mir auch egal, ich will einfach nur hier raus.

Schwach lächelnd denke ich an Isa die Hobbypsychologin. Schon damals, als meine Mutter gestorben ist, sagte sie, ich müsse den Schmerz zulassen, statt ihn immer nur zu verdrängen. Vielleicht ist das so … Doch meine Angst davor, dem Schmerz nicht gewachsen zu sein, ist einfach zu groß.

Wenig später stehe ich vor meinem ehemaligen Vorgesetzten Connor Jackson, der mich mit großen Augen von seinem Schreibtisch aus ansieht.

»Eva, was verschafft mir denn die Ehre? Hast du genug von Stone & Benett und kommst lieber wieder zu uns?«

Lächelnd ziehe ich einen Stuhl neben seinen Schreibtisch und setze mich.

»Manchmal würde mir die Idee tatsächlich gefallen.«

Ein paar Minuten lang tauschen wir oberflächliche Neuigkeiten aus, bis Connor fragt, was ich wirklich von ihm will. Fünf Minuten später sitze ich in einem kleinen Büroraum, in dem lediglich ein Computer auf dem Schreibtisch steht, und scrolle mich durch das fünf Jahre alte Zeitungsarchiv. Noch immer habe ich nicht die leiseste Ahnung, was genau ich suche, aber wenn ich es finde, weiß ich es. Als Erstes gebe ich Stone & Benett Investment in den Suchfilter ein, finde aber erst nach gut einer Stunde den ersten Bericht, der nicht von Investitionen der Firma handelt, sondern privater Natur ist. Der Beitrag bringt mir allerdings nichts, was ich nicht schon wüsste, außer einen unangenehmen Schauer über mein Rückgrat.

Stone-&-Benett-Sprecher bestätigt, Liam Benett heiratet seine langjährige Lebensgefährtin Erin Johnson.

Daneben befindet sich ein kleines Foto, das die beiden miteinander zeigt. Starr auf das Bild konzentriert, zoome ich es näher heran … Liam sieht so glücklich aus.

Ihn so mit einer anderen zu sehen, kommt einem Tritt in die Magengrube gleich. Warum tue ich das eigentlich? Warum suche ich in alten Zeitungsberichten nach was auch immer? Hatte ich nicht vor, mich von Liam abzulenken, statt mich noch intensiver mit ihm zu beschäftigen?

Eine weitere Stunde später habe ich gefühlte sechshundertelf Berichte über die Firma und nur zwei weitere über Liam finden können. Einen über das glückliche Paar – würg – und den, in dem der damalige Sprecher der Firma die plötzliche Trennung wegen unüberbrückbarer Differenzen bekanntgibt.

Tief durchatmend, lehne ich mich in den Stuhl zurück. Das war schon mal so gar nichts, offensichtlich hat die Öffentlichkeit damals nichts von der Schwangerschaft mitbekommen. In diesem Moment klingelt mein Handy und ein Blick auf das Display sagt mir, dass es Liam ist. Kurz überlege ich, ihn einfach wegzudrücken, nehme das Gespräch dann aber ohne ein Wort an.

»Eva? Bist du dran? Es … Ach Scheiße. Ich wollte nicht, dass du es so erfährst. Eigentlich wollte ich, dass du es nie erfährst. Ich … Bist du noch dran?«

»Ja.« Mit tränenerstickter Stimme antworte ich ihm so leise, dass ich glaube, er könnte es gar nicht gehört haben.

»Ich habe dich nie betrogen. Hörst du? Seit wir das erste Mal miteinander geschlafen haben, habe ich andere Frauen nicht mal mehr angesehen. Und ganz bestimmt würde ich mir eher selbst den Schwanz abhacken, als Erin jemals wieder anzufassen. Eva, bitte, sag doch was.«

Mit einer Hand über dem Mikrofon des Handys räuspere ich mich, um meine Stimme wiederzufinden.

»Ich bin heute Abend zu Hause und werde auf deine Erklärung warten«, antworte ich schnell und lege auf, damit er mein darauffolgendes Schluchzen nicht mehr hört. Auf gar keinen Fall werde ich mir die Blöße geben und ihm zeigen, wie sehr mich sein gestriges Auftreten verletzt hat.

***

Er wird nicht kommen. Zum zehnten Mal innerhalb von fünf Minuten sehe ich auf die Uhr und tigere ruhelos durch mein Wohnzimmer, dabei war ich mir so sicher, dass er kommen wird.

Eigentlich möchte ich nur, dass er mir erklärt, was es mit dieser kurzfristig abgesagten Hochzeit und, noch wichtiger, der offenbar nicht ausgetragenen Schwangerschaft auf sich hat. Irgendetwas Schlimmes muss passiert sein, dass seine Abneigung Erin gegenüber rechtfertigt. Resigniert lasse ich mich auf die Couch fallen, nehme Liams Uhr, die noch immer auf meinem Couchtisch liegt, in die Hand und lasse meine Fingerspitzen über das weiche Leder des Armbands gleiten. Bis mich das Klingeln an der Tür aufschrecken lässt, das wird er vermutlich sein.

Als würden wir uns heute zum ersten Mal sehen, schlägt mein Herz vor Aufregung doppelt so schnell und ich wische meine schwitzigen Handflächen an der Jeans ab, bevor ich die Wohnungstür öffne. Liam trägt noch immer seinen Anzug und das Hemd von heute Mittag, was mir sagt, das er soeben erst aus dem Büro gekommen ist. Die Krawatte hat er abgelegt und die oberen Knöpfe stehen offen, genauso wie er es immer macht, wenn er nach einem langen Tag nach Hause kommt. Das Zuhause, welches, wenn es nach ihm gegangen wäre, inzwischen auch mein Zuhause wäre. Wieso hat er mich darum gebeten, zu ihm zu ziehen, wenn er sich unserer Beziehung offenbar so unsicher war? Wenn nur eine Kleinigkeit seine Entscheidung wieder ins Wanken gebracht hat?

Rigoros dränge ich die aufkommenden Gedanken in den Hintergrund und trete beiseite, damit Liam hereinkommen kann. Anschließend gehe ich zielstrebig auf die Couch zu und signalisiere ihm, sich neben mich zu setzen.

Wenn ich ihn mir genauer ansehe, wie er sein Jackett ablegend auf die Couch zugeht, sehe ich zwar oberflächlich seine typische souveräne Art und seine geschmeidigen Bewegungen, doch wenn ich tiefer blicke, erkenne ich seine Angst vor dem, was jetzt kommt. Das, was er mir jetzt sagen wird, scheint ihm wirklich schwer auf der Seele zu liegen und nach dem gestrigen Tag kann ich mir beim besten Willen nicht erklären, was das noch sein soll.

Schließlich lässt er sich neben mir auf der Couch nieder, wo mein erster Impuls ist, nah an ihn heranzurutschen und mich an ihn zu schmiegen. Um meinen Körper, der seit unserer Trennung ständig unterkühlt zu sein scheint, an ihm zu wärmen. Aber auch um seinen so vertrauten, schmerzlich vermissten Geruch zu inhalieren. Und wie ich sein Lachen vermisse. Gott dieses bestimmte Lachen, wenn er seinen Kopf in den Nacken wirft und er einfach nur glücklich ist.

Liam stützt sich mit seinen Ellenbogen auf den Knien ab, nimmt kurz seine Armbanduhr in die Hand, nur um sie gleich wieder auf dem Tisch abzulegen, und dreht seinen Kopf in meine Richtung.

»Wo soll ich anfangen?«

Warum nur habe ich das Gefühl, hier etwas Unmenschliches von ihm zu verlangen? Als würde ich ihn zwingen, in die tiefsten Abgründe seiner Seele herabzusteigen.

»Ganz vorne.«

Liams Mundwinkel zucken hoffnungslos, bevor er auf seine ineinander verschränkten Hände blickt und anfängt zu reden.

»Erin und ich haben uns auf einer Start-up-Messe in Austin kennengelernt, als ich achtundzwanzig war. Ihr Bruder Lucas hat dort Investoren für eine App gesucht, die sich recht vielversprechend angehört hat. Daraufhin habe ich ihn zu uns in die Firma eingeladen, damit er uns die App genauer vorstellen kann. Er hat allerdings nicht nur diese App, sondern auch Erin mitgebracht und so … hat es sich ergeben, dass ich auch Interesse an ihr hatte.«

Liam sieht zögerlich über seine Schulter zu mir, woraufhin ich ihm lächelnd versichere, dass das, was auch immer er mir erzählen wird, okay für mich ist. Auch wenn mein Herz etwas ganz anderes sagt.

»Wir waren dann zwei Jahre zusammen und ich dachte, wir wären glücklich. Ich habe diese Frau wirklich geliebt.«

Oh … seine Worte versetzen mir einen Stich. Vielleicht ist doch nicht alles, was er mir erzählt, okay, aber ich wollte ja die Wahrheit hören. Dann muss ich jetzt auch damit leben.

»Ich wollte mein Leben mit ihr verbringen und war mir so sicher, warum also lange warten? Also habe ihr einen Heiratsantrag gemacht, den sie angenommen hat, und dann sollte alles ganz schnell gehen. Aiden mochte sie nicht …« Bei dieser Erinnerung lacht er verächtlich auf, als würde er genau diesen Moment noch einmal erleben.

»Da er Mitinhaber der Firma ist, war es sein gutes Recht, darauf zu bestehen, dass Erin den Ehevertrag noch vor der Eheschließung unterschreibt und sie … hat sich geweigert. Sie sagte, dass sie mich nur heiratet, wenn es keinen Ehevertrag gebe und sie ansonsten die Trennung wolle. Schließlich liebten wir uns doch und würden immer zusammenbleiben. Vermutlich wäre ich sogar dämlich genug gewesen, auf den Vertrag zu verzichten, wenn Aiden nicht darauf bestanden hätte, und so ist sie gegangen und die Hochzeit wurde abgesagt.«

Liam spricht nicht weiter, sieht mich aber auch nicht an und genau das bedeutet wohl, dass die Geschichte hier noch nicht zu Ende ist. Ob er gerade überlegt, mir nicht alles zu erzählen? Oder ist es vielleicht doch zu schmerzlich für ihn, darüber zu reden? Mein Herz trommelt wild und bei der Vorstellung, dass er Erin wirklich geliebt haben muss, zieht sich mein Innerstes unangenehm zusammen.

Minutenlang sitzt er nur da und gerade als ich Luft hole, um ihm zu sagen, dass er mir nichts weiter erklären muss, spricht er doch weiter.

»Ein paar Tage später hat sie sich bei mir gemeldet und mir gesagt, dass sie schwanger sei. Gleichzeitig hat sie mir den Vorschlag gemacht, die Hochzeit nachzuholen, damit wir eine richtige Familie würden. Natürlich habe ich abgelehnt. Daraufhin hat sie mir das Baby angeboten … zum Kauf.«

Liam dreht sich zu mir um und der schmerzerfüllte Ausdruck in seinen Augen bricht mir das Herz. Ich habe seine Worte gehört, doch glauben kann ich das alles nicht. Welcher Mensch kann so etwas Grausames verlangen? Entgeistert starre ich ins Nichts, bis Liams Stimme mich ins Hier zurückholt.

»Sie wollte, dass ich für das Baby bezahle.«

Mit gerunzelter Stirn sehe ich forschend in sein Gesicht und habe keine Ahnung, was ich sagen könnte.

»Ich kann doch nicht für mein eigenes Kind bezahlen, oder? Wie für irgendeine Ware.«

Liam sieht mir zwar ins Gesicht, doch sein Blick scheint durch mich hindurch, irgendwo in die Vergangenheit zu gehen.

»Genauso habe ich es ihr auch gesagt. Ich bezahle nicht für mein eigenes Kind, aber ich wollte es gerne zu mir nehmen. Es hätte ihm an nichts gefehlt.« Liam senkt den Blick auf seine Finger, die er nervös knetet. »Ein paar Tage später hatte ich ein zerrissenes Ultraschallbild im Briefkasten. Auf der Rückseite stand, dass sie das Kind abgetrieben hat.«

Nach Sekunden, die sich wie Stunden anfühlen, sieht Liam wieder zu mir auf und in seinem Gesicht steht die pure Verzweiflung.

»Ich bin schuld, dass dieses Kind, mein Kind, nicht leben durfte, Eva. Weil ich nicht bereit war, ihr das beschissene Geld zu geben.«

»NEIN! Nein! Das ist doch nicht wahr.« Ich rutsche zu Liam, wie ich es schon viel eher hätte tun sollen, und ziehe ihn in meine Arme. Der Griff, mit dem er mich jetzt umschließt, ist schmerzhaft, dennoch unterbreche ich ihn nicht, sondern gebe ihm den Halt, den er jetzt braucht. Zwar habe ich gewusst, dass unsere Trennung etwas mit dem Aufeinandertreffen mit dieser Erin zu tun hat, dennoch habe ich nicht mit einer solchen Geschichte gerechnet. Völlig von der Situation überfordert, habe ich keine Ahnung, was ich sagen oder tun soll, aber ich glaube, das brauche ich auch nicht. Nichts, was ich tun könnte, würde Liam das Gefühl der Schuld nehmen, auch wenn dem natürlich nicht so ist. Erin hat diese Entscheidung alleine getroffen und somit gibt es hierbei nur eine Person, der man die Schuld daran geben kann.

Auf einmal ergibt alles Sinn. Seine Anspannung in ihrer Gegenwart, die Abwesenheit und seine Kälte, als wir danach zusammen im Auto gesessen haben. Mit meiner Befürchtung, dass sie irgendwelche alten Gefühle in ihm geweckt hat, lag ich vollkommen falsch. Das heißt, nicht wirklich falsch, nur dass meine Vermutung zuerst in die falsche Richtung gegangen ist. Liams Ausdruck in den Augen, der seine Worte Lügen strafte, als er mir sagte, dass er keine Familie will. Dass er weder Kinder haben noch heiraten will.

Natürlich nicht, nachdem er solche Erfahrungen gemacht hat. Ich rücke von Liam ab, der mit gesenktem Kopf vor mir sitzt, nehme vorsichtig sein Gesicht in meine Hände und zwinge ihn so, mich anzusehen. Es tut mir in der Seele weh, den Schmerz in seinem Gesicht zu sehen und zu wissen, dass ich ihn gedrängt habe, diese Erinnerungen aufzuwärmen. Gleichzeitig bin ich froh, es endlich zu wissen. Mein Blick bleibt an seinen Lippen hängen, die ich so sehr küssen möchte. Einfach, um ihm zu zeigen, dass ich da bin, dass er nicht allein ist und ich immer für ihn da bin.

Um etwas körperlichen Abstand zwischen uns zu bringen, gehe ich in die Küche und mache uns einen Kaffee. Als ich mich mit den Tassen umdrehe, sitzt Liam bereits am Tresen vor mir und holt etwas aus seinem Jackett. Folglich setze ich mich ihm gegenüber, während er mir ein kleines Stück zerknittertes Papier über den Tisch zuschiebt. Ein Ultraschallbild …

Obwohl er versucht hat, es zusammenzukleben, sieht man deutlich, dass es einmal zerissen war. Mit einem kurzen Blick zu ihm drehe ich es um und sehe die Notiz darauf.

Ich hoffe, du und dein Geld werden glücklich miteinander. Ich habe das Kind abgetrieben.

»Am schlimmsten ist es, wenn ich kleine Kinder in dem Alter sehe, in dem es jetzt wäre. Es …« Liam sieht von seiner Tasse zu mir auf und ich versuche halbherzig, gegen meine aufkommenden Tränen anzublinzeln. »Ich weiß nicht einmal, ob es ein Junge oder ein Mädchen geworden wäre.«

Zögerlich schiebe ich meine Hand zu ihm herüber, lege sie auf seine und drücke sie in der Hoffnung, dass er die Geste versteht. Noch einmal sehe ich mir das Ultraschallbild an, auf dem lediglich ein kleiner Punkt zu sehen ist. Durch Isas Schwangerschaften schätze ich, dass dieses Foto zeitlich zur achten Schwangerschaftswoche passen könnte. Irgendetwas an dem Foto stört mich, doch momentan bin ich zu aufgewühlt, um es benennen zu können.

In den folgenden Stunden wird immer klarer, welche Schuldgefühle Liam seit Jahren plagen. Dass er sich selbst immer wieder mit der gleichen Frage quält, ob er es hätte verhindern können, wenn er ihr das Geld gegeben hätte. Ich erfahre, dass er Erin angedroht hat, Lucas die Investition zu nehmen und damit seine Existenz zu zerstören, sollte er sie jemals wiedersehen. Daraufhin hat sie die Stadt verlassen und unsere Begegnung vor einigen Tagen war tatsächlich das erste Mal seit damals, dass sie aufeinandergetroffen sind. Er hat sie dann noch einige Monate beschatten lassen. Seine Hoffnung war, dass sie vielleicht nur vorgegeben hat, die Schwangerschaft abgebrochen zu haben, um das Kind ohne sein Wissen auszutragen. Dem war aber leider nicht so.

Aufgrund dieser Erfahrung hat er sich damals auch so für Isa eingesetzt. Zwar dachte sie trotz der Trennung von Aiden nie an einen Abbruch, aber allein die Vorstellung löste in Liam die reinste Panik aus.

Drei Tassen Kaffee und vier Stunden später, stehe ich mit Liam an meiner Wohnungstür, um ihn zu verabschieden. Ob ich ihm wirklich eine Hilfe bin, kann ich nicht sagen und doch habe ich das Gefühl, dass es ihm gutgetan hat, mir alles zu erzählen. Liam dreht sich noch einmal zu mir um und sieht mir tief in die Augen.

»Und was ist jetzt mit uns?«

Augenblicklich beginnt mein Puls zu rasen und mein Hals wird eng.

»Liam, ich …« Nachdenklich reibe ich mir mit der einen Hand über die Stirn und lege die andere in meinen Nacken. Niemals hätte ich geglaubt, dass ich das einmal sagen würde, aber es scheint mir das einzige Richtige zu sein.

»Das, was dir da passiert ist, das ist einfach … unfassbar. Ich denke aber, in einer Beziehung geht es nicht nur darum, Spaß und guten Sex zu haben, sondern auch darum, Schweres zusammen durchzustehen. Du hättest mit mir als deine Partnerin darüber reden müssen und wir hätten es zusammen durchgestanden. Du aber hast deine Entscheidung alleine getroffen und statt mit mir da durchzugehen, hast du mich von einer Minute auf die andere verlassen.« Kaum merklich schüttle ich den Kopf.

»Ich kann mir einfach nicht mehr sicher sein, dass so etwas nicht noch mal passiert und ein weiteres Mal könnte ich das nicht ertragen.« Mühsam versuche ich, die letzten Dämme aufrechtzuerhalten, und atme zittrig ein. »Aber ich werde immer für dich da sein.«

Liam kommt auf mich zu, stellt sich direkt vor mich und legt seine freie Hand an meine Wange.

»Aber ich … ich liebe dich und ich weiß, dass du mich auch liebst.«

Ein letztes Mal schmiege ich mein Gesicht an seine Hand, bevor mein hartes Schlucken die Stille unterbricht und ich gegen das Brennen in meinen Augen verliere, die sich bereits mit Tränen füllen.

»Ich weiß … aber manchmal reicht das eben nicht.«

KAPITEL 16

Eva

Allmählich scheint mein Körper sich an den wenigen Schlaf zu gewöhnen. Es ist nicht einmal sechs und ich stehe hellwach in der Küche, um mir wiederholt einen Kaffee zu kochen. Dabei fällt mir ein, dass ich mich seit Tagen ausschließlich davon ernähre und das unbedingt ändern sollte. Die Hälfte der Nacht habe ich damit zugebracht, über Erin nachzudenken, und habe versucht zu verstehen, wie jemand so grausam sein kann. Die andere Hälfte der Nacht habe ich dagegen angekämpft, mich ins Auto zu setzen und zu Liam zu fahren.

Wie oft habe ich mir den Moment ausgemalt, in dem Liam mir seine Liebe gesteht, und jetzt, wo es so weit war, ist er so ganz anders gewesen. Ich glaube ihm, dass er mich liebt, jedoch ist seine Liebe eine andere als die, die ich für ihn empfinde. Liam liebt die gute Freundin in mir, aber nicht die Frau. Das Problem ist, dass das einem Teil von mir, und der Teil ist erschreckend groß, absolut scheißegal ist. Ich bilde mir ein, dass ich ihn genug liebe, dass es für uns beide reicht, aber der andere, mickrige Teil in mir weiß, dass es so nicht funktionieren kann.

Beziehungen bedeuten Arbeit und jede gute Beziehung hat auch ihre Schattenseiten. Was ist, wenn es wieder ein Problem gibt? Stößt er mich dann wieder von sich? Mit ziemlicher Sicherheit würde ich wieder das Nachsehen haben und ich glaube nicht, dass ich dem ein weiteres Mal standhalten könnte.

Resigniert streiche ich mir mit den Händen durch das Gesicht und reibe mir die Augen, irgendwie muss ich dieses penetrante Gedankenkarussell zum Stillstand bringen. Ich brauche etwas zu tun. Ein Blick auf die Uhr sagt mir, dass ich es noch zur Arbeit schaffen könnte, allerdings habe ich Aiden und auch Emma gesagt, dass ich diese Woche nicht mehr kommen werde. Zudem ist die Gefahr, Liam über den Weg zu laufen dort am größten und trotz, oder gerade wegen des gestrigen Abends, möchte ich auch das nicht herausfordern.

Während der Kaffee weiterhin durch die Maschine läuft, fasse ich nach den Tassen, die noch von gestern Abend auf dem Tresen stehen. Mitten in der Bewegung halte ich inne und greife statt zu den Tassen, nach dem Papier daneben. Liam muss vergessen haben, das Ultraschallbild wieder einzustecken. Ganz sanft streiche ich mit meinen Fingerspitzen über den kleinen Punkt, der mal zur Hälfte aus ihm bestanden hat. Wie schon gestern kommt mir irgendetwas an dem Bild komisch vor, nur was? Ohne den Blick von dem Bild zu nehmen, drehe ich mich zur Kaffeemaschine um und gebe halbblind Milch in den Kaffee. Ich brauche ein Vergleichsfoto.

***

»Mama, Eva ist da.« Kaum dass Emily mir die Haustür geöffnet hat, umarmt sie mich stürmisch. Um die Umarmung besser erwidern zu können, hocke ich mich vor sie und drücke sie an mich, bis ich in die Küche gehe, in der Isa bereits mit

Kaffeetassen und ihrem Vollautomat kämpft. Sie sieht mich flüchtig lächelnd an und wendet sich wieder der Maschine zu, als ihr Kopf sofort wieder zu mir zurückschnellt. Ihren bis an den Hinterkopf hochgezogenen Augenbrauen und dem schiefen Blick, mit dem sie mich mustert, entnehme ich, dass ihr nicht gefällt, was sie sieht.

»Du siehst beschissen aus.«

Na bitte, und da ist es auch schon. Augenrollend werfe ich meine Jacke über eine Stuhllehne, von der sie gleich wieder herabrutscht und auf den Boden fällt, wo ich sie liegen lasse und mich an die Kücheninsel setze.

»Und dir ist hoffentlich klar, dass deine Möpse noch kleiner sind als sonst. Wann hast du vor, mal wieder was zu essen?«

Miststück.

»Und dir ist hoffentlich klar, dass dein Arsch auch schon mal kleiner war als jetzt?«

Grinsend stellt sie mir eine Tasse Kaffee vor die Nase. »Touché.«

»Wenn das Laam sieht, schimpft er wieder.« Kommt es rechts von mir, wo Emily steht und anklagend auf meine am Boden liegende Jacke deutet. Sie hat ja so recht. Wäre er jetzt hier, würde er die Jacke aufheben und mir wütend drohen, dass er sie beim nächsten Mal wegschmeißt, nur um es dann doch nicht zu tun. Wenn er jetzt hier wäre und es nicht so komisch zwischen uns wäre.

Genau das habe ich immer am meisten an unserem Zusammensein gemocht, es war nie merkwürdig. Wir konnten reden, lachen, traurig sein oder auch schweigen, es war immer vertraut und was ist es jetzt …?

So schön ich die Monate, in denen wir versucht haben, ein Paar zu sein, auch fand, hätte ich damals gewusst, was aus uns wird, hätte ich mich nie darauf eingelassen. Lieber hätte ich auf diese unbeschreiblich innigen Momente, auf das Gefühl seiner nackten Haut auf meiner und dem unbeschreiblichen Gefühl von ihm in mir verzichtet, wenn wir dann noch immer diese Bindung zueinander hätten.

Nein, es ist nicht der Sex, den ich vermisse, na gut vielleicht ein bisschen. Okay, ein bisschen mehr, aber am meisten vermisse ich meinen Freund. Meinen engsten Vertrauten, den ich gleichzeitig mit meiner großen Liebe verloren habe.

Unverhofft schiebt sich Isa vor mich und nimmt mich ohne ein Wort in die Arme, woraufhin all meine kräftezehrende Selbstbeherrschung in sich zusammenbricht. Mit einem lauten Schluchzen öffnen sich die Schleusen und ich weine alle Tränen, die ich in den letzten Tagen immer versucht habe, zurückzuhalten. Es war mir bewusst, wenn ich erst einmal damit anfange, werde ich nicht mehr aufhören können und genauso ist es jetzt. Mein gesamter Körper ist von einem einzigen gewaltigen Schmerz erfüllt und ich habe das Gefühl, kaum Atmen zu können, so sehr tut es weh. Wie eine Ertrinkende klammere ich mich dankbar an Isa fest, die mich erst loslässt, als ich keine Tränen mehr übrighabe. Undamenhaft wische ich mir mit meinem Ärmel über die Nase, woraufhin ich Emilys kleine Hand auf meinem Bein spüre, die mir eine Packung Taschentücher reicht. Zärtlich streichelt sie mir über das Knie.

»So schlimm schimpft Laam doch gar nicht. Ich hab sie schon aufgehoben.« Dabei zeigt sie auf meine jetzt auf dem Stuhl liegende Jacke, was mich fast schon wieder zum Heulen bringt. Eilig rutsche ich vom Stuhl zu ihr runter.

»Danke, meine Süße, aber ich habe auch gar keine Angst vor Liams Schimpfe. Liam und ich … wir haben uns gestritten und das macht mich traurig.«

Emilys kleine Stirn runzelt sich und sie legt den Kopf schräg. »Aber ihr streitet doch imma.«

Wehmütig lächelnd streiche ich ihr die dunklen Haare hinter ihre Ohren.

»Das stimmt.«

»Magst du Laam nicht mehr?« Mit weit aufgerissenen Augen sieht sie mich an und ich sehe Hilfe suchend zu Isa, bevor ich wieder zu Emily blicke.

»Doch. Doch ich mag Liam immer noch und deswegen werden wir uns auch wieder vertragen.«

Glücklicherweise scheint sie mit meiner Antwort zufrieden zu sein, denn sie gibt mir einen Kuss auf die Wange und läuft mit ihrem Puppenwagen aus der Küche.

Daraufhin rapple ich mich wieder auf und lasse mir von Isa eine Kopfschmerztablette und Wasser geben, da mir der Schädel von der Heulerei zu platzen scheint. Erst dann fällt mir ein, warum ich eigentlich hergekommen bin.

»Sag mal, kannst du mir ein Ultraschallfoto zeigen?«

Überrascht von meinem Themenwechsel sieht Isa mich irritiert an, verschwindet dann aber kurz und kommt mit einem Ultraschallbild zurück. Zwischenzeitlich habe ich das Bild, das Liam bei mir vergessen hat, herausgeholt und halte sie nebeneinander vor mich.

»Was ist das für ein Ultraschallbild?« Mit weit aufgerissenen Augen steht Isa vor mir. Was hat sie denn jetzt wieder?

»EVA!«

Hä? Oh.

»Das ist nicht von mir.« Kopfschüttelnd untermauere ich meine Worte, woraufhin Isa die Luft entweichen lässt, die sie angehalten hat. Dramaqueen, als wäre das jetzt eine so unmögliche Vorstellung. Obwohl, wenn ich es recht bedenke, es wäre die absolute Katastrophe.

»Nein. Ich wollte es nur mal mit einem deiner Bilder vergleichen. Irgendwas fehlt doch da, oder?«

Ohne mich einen genaueren Blick auf die Bilder werfen zu lassen, rupft sie mir die Bilder aus den Händen und sieht sie sich an.

»Klar. Der Name der Mutter und das Datum fehlen.«

»Was?« Jetzt bin ich es, die ihr die Bilder wegnimmt und von einem aufs andere sieht. Tatsächlich, da, wo auf dem einen Isas Name und das Datum stehen, ist auf dem anderen nichts …

KAPITEL 17

Eva

Wahrscheinlich halten mich meine Arbeitskollegen inzwischen für ganz und gar intelligenzbefreit. Erst nehme ich mir von heute auf morgen den Rest der Woche frei und dann sehen sie mich doch jeden Tag durch die Firma flanieren.

Mit einem Seitenblick auf Miss Jenkins, die mich mit perfekt geformten, hochgezogenen Augenbrauen mustert, gehe ich direkt auf die Fahrstühle zu, von denen sich einer gerade öffnet, sodass ich, ohne zu warten, einsteigen kann. Es stehen drei Männer im Aufzug, denen ich freundlich zulächle und hoffentlich unbeobachtet die sechzehn auf dem Bedienfeld drücke. Völlig verrückt, aber schon jetzt hämmert mein Herz wie wild und ich habe das Gefühl ein Schild zu tragen, auf dem geschrieben steht, dass ich etwas plane, was man eigentlich nicht planen sollte.

Der Fahrstuhl kommt auf der Etage an, wo mir noch auf dem Flur Leo entgegenkommt und mich überrascht fragt, ob ich zu ihm möchte.

»Ähm nein.« Oh Gott, ich bin für so was nicht gemacht. Mein Herzschlag sollte mir inzwischen wie bei einer Comicfigur aus dem Brustkorb springen und obwohl ich wirklich nur schwer rot werde, fühlt sich mein Gesicht wie eine Glühbirne an.

»Ist David da?«

Leos überraschter Gesichtsausdruck verwandelt sich in einen skeptischen, bevor er mir antwortet.

»Sicher, er ist in seinem Büro.«

Bevor ich um die Ecke verschwinde, in der sich David und Seths Büro befindet, sehe ich noch einmal über die Schulter zurück, wo Leo nach wie vor steht und mich mit zusammengezogenen Augenbrauen mustert. Ich sag es ja, als würde ich ein Schild tragen: »Hier kommt eine Kriminelle.«

Seth ist der Leiter des zehnköpfigen – wie wir es nennen – Hacker-Teams, das sich den ganzen Tag damit beschäftigt, Sicherheitslücken im Stone-&-Benett-Unternehmensnetzwerk zu finden und zu beheben. David ist zwar der einzige Auszubildende unter ihnen und doch sitzt er inzwischen mit an der Spitze in Seths Büro. Kurz nachdem ich bei Stone & Benett Investment angefangen habe, spazierte der gerade Achtzehnjährige in die Firma und wollte Leo sprechen. Er hat ihm mitgeteilt, dass er eine Sicherheitslücke im Firmennetzwerk gefunden hätte und wenn er wollte, könnte er das gesamte System zum Einsturz bringen. Das war jedoch ganz und gar nicht das, was er vorhatte. Er wollte Leo lediglich darauf hinweisen und gab ihm und Seth Tipps, wie die Lücke geschlossen werden kann. Die ITler waren gleichermaßen schockiert, wie beeindruckt und so machte Leo David das Angebot, in das Team mit einzusteigen, was er bis heute nicht bereut hat. Es kostete ihn einiges an Überredungskunst bei Liam und Aiden, jemand so Junges, ohne jegliche Referenzen einzustellen, doch letzten Endes hat es sich mehr als gelohnt.

Auf mein zaghaftes Klopfen höre ich nur ein zustimmendes Brummen, was wohl bedeuten soll, das ich reinkommen darf. Seth sitzt vor seinem Computer und sieht nur knapp zu mir auf, um sich dann wieder seinem Bildschirm zuzuwenden. Er sieht genauso aus, wie uns das Fernsehen einen Computerfreak vorgaukelt. Ein Kaputzensweatshirt, dunkle Locken und ein leicht pausbäckiges Gesicht so blass, als hätte er noch nie die Sonne gesehen. Wahrscheinlich sind die einzigen Minuten, in der er Frischluft atmet, die, wenn er aus der Firma zu seinem Auto und von seinem Auto in seine Wohnung geht. Ich würde wetten, dass er sich, sobald er zu Hause ist, wieder an den Computer schwingt. Wahrscheinlich in einem dunklen Zimmer mit zugezogenen Rollläden und natürlich ohne Frischluft.

Der Schreibtisch ihm gegenüber ist leer.

»Weißt du, wo David ist?«

»Pause machen.«

Aha, sehr informativ. Vielen Dank. Ohne ein weiteres Wort, das ihn ohnehin nur nerven würde, gehe ich durch den Flur zurück und steuere auf die Tür zum Aufenthaltsraum zu.

Ich habe Glück und David sitzt an dem großen Tisch, leider ist er nicht allein und die Reinigungskraft wischt an der Küchenzeile herum.

»Eva. Na, vermisst du mich, dass du extra an deinem freien Tag herkommst?« Seine hüpfenden Augenbrauen unterstützt er mit einem Schnalzen seiner Zunge, was mich zum Lachen bringt.

Während ich auf ihn zugehe, springt er schon auf, hüpft links und rechts hinter der armen Putzfrau herum und greift um sie zur Küchenarbeitsplatte, um mir einen Kaffee einzuschenken. Genervt mit den Augen rollend, rafft sie ihren Putzwagen und schiebt ihn mir zunickend aus dem Zimmer, was mir aktuell mehr als gut passt.

David kommt zu mir, zieht einen Stuhl zurück und stellt die Tasse Kaffee auf einer Serviette vor mir ab, was mich erneut auflachen lässt. Er ist wirklich goldig, wenn er nur etwas älter wäre und es da nicht jemand anderen gäbe. Energisch schüttle ich diesen Gedanken von mir ab und konzentriere mich auf den Grund, weshalb ich hier bin.

»Sag mal, David …« Jetzt, wo ich vor ihm sitze und in sein erwartendes Gesicht sehe, kommt mir die Idee schlagartig doch nicht mehr so brillant vor. »Ich … Kannst du mir sagen, wie ich an die Daten in einem Computer kommen kann?«

David reißt sie Augen weit auf und legt seinen Kopf schräg.

»Tja, als Erstes würde ich mal versuchen, den Ordner zu öffnen, in dem sich deine gewünschte Datei befindet?« Seine Antwort ist mehr eine Frage, die mir deutlich macht, dass er nicht glauben kann, was ich ihn hier frage.

Scheiße!

»Nehmen wir an, die Datei wäre nicht für mich zugänglich.«

David stützt das Kinn auf seine Hand und legt seinen Zeigefinger vor den Mund. Sekundenlang starrt er mich nur an, bis er endlich weiterspricht.

»Was für eine Datei?«

»Eine Krankenakte.«

David lässt sich in seinen Stuhl zurückfallen und scheint sorgfältig über seine folgenden Worte nachzudenken.

»Tut mir leid, Eva. Ich würde dir wirklich gerne helfen, aber ich habe noch nie etwas getan, was man mir wirklich als illegal oder böswillig vorwerfen könnte. Vor allen Dingen habe ich noch nie jemandem geschadet. Dabei kann ich dir nicht helfen.«

»Aber ich will doch niemandem schaden, im Gegenteil. Ich brauche nur diese eine Akte, alles andere auf dem Computer dieses Arztes ist mir völlig egal.«

»Selbst wenn. Wenn das rauskommt, fliege ich hier achtkantig raus, und so eine Chance bekomme ich doch nie wieder.«

Von seinen Worten getroffen zucke ich zusammen und schäme mich, ihn überhaupt darum gebeten zu haben. In meiner blanken Neugier und der noch größeren Hoffnung, etwas finden zu können, habe ich gar nicht daran gedacht, was es für David bedeuten könnte. Kopfschüttelnd fahre ich mir mit der Hand durch die Haare.

»Natürlich, du hast vollkommen recht. Bitte vergiss, dass ich gefragt habe, ja? Es tut mir wirklich leid.«

Wir reden noch eine Weile weiter, bis Davids Pause zu Ende ist und er wieder in sein Büro muss. Wieder alleine, bleibe ich am Tisch sitzen und lege den Kopf auf meine auf dem Tisch verschränkten Arme ab.

Isa hat recht. Wie damals, als meine Mutter starb, versuche ich, mich zwanghaft auf irgendetwas zu konzentrieren. Mir eine Aufgabe zu suchen, die mich von dem eigentlichen Problem, nämlich dem Schmerz in mir, ablenkt. Damals habe ich mich in die Arbeit gestürzt. Da meine Arbeit heute untrennbar mit Liam verbunden ist, verrenne ich mich dieses Mal in Hirngespinste und sehe Dinge, die mit ziemlicher Sicherheit gar nicht da sind. Klüger wäre es, mich mit dem Kummer auseinanderzusetzen, aber allein der Gedanke daran lässt meine Brust eng werden und ich habe Angst, keine Luft mehr zu bekommen.

Gerade als ich mich aufrichten will, um den Aufenthaltsraum und das Gebäude zu verlassen, kommt David noch einmal zurück und drückt mir mit einem »Sechszehn Uhr« einen Zettel in die Hand. So schnell er gekommen ist, ist er auch wieder verschwunden und ich sehe verwirrt auf den Zettel in meiner Hand, auf dem seine Adresse geschrieben steht.

***

Pünktlich um vier Uhr stehe ich mit einem Finger auf dem Klingelknopf vor einem gepflegten Zweifamilienhaus in der Dayton Street. Ein letztes Mal regt sich mein Gewissen und ich frage mich, ob ich David in meine krankhafte Hoffnung, irgendetwas finden zu können, was Liam hilft, mit hineinziehen soll.

Bevor ich weiter zögern kann und gehe, drücke ich mit rasendem Herzen den Klingelknopf. Das Summen des Türöffners dröhnt überlaut in meinen Ohren, soll ich oder nicht? Gegen jeglichen Widerwillen in mir ankämpfend, drücke ich die Tür auf und sehe David bereits, wie er am oberen Treppenabsatz auf mich herabsieht.

Erschrocken zucke ich zusammen, als die Haustür hinter mir ins Schloss fällt, woraufhin David mir aufmunternd zulächelt.

Herrgott, Eva, es ist doch noch gar nichts passiert und du tust, als wärst du der Staatsfeind Nummer eins.

In seiner Wohnung im Obergeschoss angekommen, sehe ich mich neugierig um. Alles ist hell und freundlich eingerichtet und ich frage mich, wie David sich so eine Wohnung leisten kann. Als könnte er meine Gedanken lesen, erklärt er mir, dass er mit einem Freund hier wohnt und sie sich die Miete teilen. Dabei durchquert er den geräumigen Flur, geht vorweg durch das gemütliche Wohnzimmer, bis wir in einem kleinen Büro landen, in dem ein Mann, etwa Mitte zwanzig vor einem Laptop sitzt. Sobald dieser mich hinter David entdeckt, steht er auf, schüttelt meine Hand und stellt sich als Davids Mitbewohner Jacob vor.

Während ich mich ebenfalls vorstelle, lasse ich meinen Blick durch das Zimmer gleiten. Überall liegen Bücher, Kisten voller Kabel und Kopfhörer herum. Und wozu brauchen die beiden die etwa zehn Computer beziehungsweise Laptops, die ich auf den ersten Blick erkennen kann?

Jacob setzt sich, ohne mich weiter zu beachten, zurück an seinen Platz und ich gehe zu David, der sich ihm gegenüber hingesetzt hat.

»Also was genau brauchst du?«

Irritiert hebe ich meinen Blick zu David, bevor ich mit einem Nicken auf Jacob deute. David lächelt, klopft auf den freien Platz neben sich und fragt mich erneut, was genau ich von ihm wolle. Letzte Chance, Eva, zieh ihn da nicht mit rein.

»Also … ich brauche nur die Krankenakte einer Erin Johnson. Natürlich will ich nichts kaputt machen oder in der Privatsphäre von anderen wühlen.« Selbst mir ist klar, wie bescheuert sich das anhört, und so spreche ich kaum hörbar weiter. »Nur bei ihr.«

Mit zitternden Fingern reiche ihm das zerknüllte Stück Papier, das ich seit meiner Ankunft hier in den Fingern halte. Darauf habe ich die Daten von Doktor Hanson notiert, jener Arzt, der auf dem Ultraschallbild von Liam vermerkt ist.

David wendet sich seinem Laptop zu und erklärt mir mit wenigen Worten, was er vorhat. Da es – wenn denn alles nach Plan läuft – schneller geht, programmiert David einen Trojaner. Diesen verpackt er in ein Schreiben, das von der Patientin Erin Johnson geschickt ist, mit einem Arztbericht im Anhang. In dem Schreiben bittet sie beziehungsweise David darum, diesen Bericht mit in ihre Akte aufzunehmen. Öffnet die Arzthelferin – so zumindest die Hoffnung – den Anhang, installiert sie den Trojaner auf dem Computer und David hat unbegrenzten Zugang zu sämtlichen Daten.

Aufgewühlt stehe ich aus dem Stuhl auf und beginne damit, an meinen Fingernägeln zu kauen. Eine Angewohnheit, die ich noch nie hatte, aber meine Nerven sind zum Zerreißen gespannt.

Das ist falsch. Das ist so verdammt falsch.

»Die Datei ist verschickt.«

Augenblicklich drehe ich mich zu David um und jetzt, wo es nicht mehr rückgängig zu machen ist, dreht sich mir der Magen um.

»Und … und was machen wir jetzt?«

»Warten.« David geht in Richtung Tür und fragt, ob ich auch einen Kaffee möchte, was ich kopfschüttelnd ablehne.

Irgendetwas sagt mir, dass mein Magen gerade nichts bei sich behalten kann, und vermutlich wären die Jungs nicht so erfreut, wenn ich ihnen ihr wohl ziemlich kostspieliges Equipment vollkotzen würde.

Noch immer an meinem Nagel nagend, sehe ich zu Jacob, der mich über seinen Bildschirm hinweg anlächelt. »Das erste Mal, was?«

Ich ziehe meinen malträtierten Fingernagel aus dem Mund. »Ja und ganz sicher auch das letzte Mal.«

Inzwischen ist David wieder da und wirft sich in seinen Stuhl.

»Also, Eva, sagst du mir, was an dieser Akte so verdammt wichtig ist?«

Da er mir hilft und dafür Kopf und Kragen riskiert, hätte er eine Antwort mehr als verdient, aber das kann ich Liam nicht antun. Und was, wenn meine Vermutung völlig falsch ist? Ganz davon abgesehen ist Liam sein Chef und private Dinge haben da nichts zu suchen. Also greife ich zu einer Notlüge, die zumindest einen Funken Wahrheit enthält.

»Es ist was Persönliches.«

»Oder hast du nur einen Vorwand gesucht, mich zu Hause besuchen zu können? Es tut mir wirklich leid, dir das sagen zu müssen, aber ich habe jetzt eine Freundin. Du bist zu langsam gewesen.« Er weiß, dass meine Antwort nicht der vollen Wahrheit entspricht, und ich bin froh, dass er es mir nicht übel nimmt. Im Gegenteil, sein Gesagtes lenkt mich ab und so setze ich mich wieder zu ihm, um ihn über die ominöse Freundin auszufragen.

Als ich schon fast – nur fast – vergessen habe, warum ich hier bin, unterbricht David mich mitten im Satz.

»Sie hat den Anhang geöffnet, wir können loslegen.«

Oh heilige Scheiße. Mein Herz rutscht mir in die Hose und der Puls rauscht mir schwindelerregend durch die Ohren. Keine fünf Minuten später gibt der Drucker sein typisches Geräusch von sich und ich sehe David fragend an, was er mit einem Nicken beantwortet. Nach nur sieben Seiten ist der Drucker fertig, entweder Erin ist so gut wie nie krank, oder sie war nicht besonders lange bei diesem Arzt.

Tief durchatmend, greife ich mit zitternden Fingern nach dem Papierstapel und überfliege die Zettel. Das Ultraschallbild ist im August vor fünf Jahren entstanden und tatsächlich befindet sich zu diesem Zeitpunkt ein Vermerk des Arztes in der Akte.

Aufmerksam lese ich den Eintrag und schlage mir nach Luft schnappend mit der Hand vor den Mund.

KAPITEL 18

Liam

Sehnsüchtig blicke ich in die Richtung meines Hauses, an dem ich jedoch vorbeifahre, um stattdessen noch Aiden zu besuchen. Er hat mich gefragt, ob ich nach der Arbeit mit zu ihm komme, und obwohl mir so gar nicht danach ist, habe ich zugesagt. Es ist nicht ungewöhnlich, dass wir uns auch spät nach der Arbeit noch einmal zusammensetzen und im Grunde genieße ich diese Stunden sehr. Doch so schlimm es sich auch anhört, ich kann diese Familienidylle bei Aiden und Isa momentan nur schwer ertragen.

Lieber sitze ich alleine zu Hause und jammere vor mich hin wie eine verdammte Pussy. Immer wieder denke ich über Evas Worte nach und versuche zu erkennen, ob es stimmt, was sie sagt, oder ob sie sich irrt. Sind meine Gefühle für sie nur freundschaftlicher Natur?

Aber warum tut es dann so verdammt weh, wenn ich sie nicht sehe. Warum verzehre ich mich dann regelrecht nach ihr und das nicht nur körperlich. Ich habe sogar den kranken Selbstversuch gestartet, mich mit Addison/Maddison zu treffen, als ich dann aber losfahren wollte, bin ich statt zu ihr einfach stundenlang durch die Gegend gefahren. Vielleicht erinnert Eva sich nicht mehr daran, aber ich habe ihr versprochen, dass mich nie wieder eine Frau so anfassen darf wie sie, und ich werde mich daran halten.

Keine Ahnung, wie viele Kurznachrichten ich ihr geschrieben, aber nicht eine abgeschickt habe. Mindestens genauso oft habe ihre Nummer gewählt, um sie anzurufen, nur um dann doch nie auf den Hörer zu drücken. Noch peinlicher ist, dass ich bei ihrer Wohnung vorbeifahre, nur um zu sehen, dass Licht in ihrer Wohnung brennt und ich sicher sein kann, dass sie zu Hause ist.

Sie war schon so ein fester Bestandteil meines Lebens, dass ich nie damit gerechnet habe, dass sie es irgendwann nicht mehr sein könnte, und noch weniger damit, wie sehr sie mir fehlen würde. Ich vermisse es, wie sie verträumt in ihren Haaren dreht, dass sie sich für alles begeistern kann und wie sie im Auto mitsingt, ohne sich dafür zu schämen, dass es sich gruselig anhört. Ihr Stöhnen, wenn sie sich Sonntags vor dem Essen meiner Eltern bei mir aufs Sofa fallen ließ und nach Kaffee rief. Wie sie mich mit ihren schönen Augen anbetteln kann, wenn sie etwas will, wie diesen selten blöden Besuch auf der Eisbahn. Wenn ich ganz ehrlich bin, fehlt mir sogar ihre Unordentlichkeit. Ihre Schuhe mitten im Weg und ihre dahergesagten Entschuldigungen, die sie doch nie so meint. Aber am meisten fehlt mir ihre aufbrausende Art, dass sie sich nie etwas von mir gefallen lassen hat und gleichzeitig über vieles – überwiegend meine dummen Sprüche – einfach hinweggesehen hat. Stattdessen hat sie mich gesehen, mit all den schönen und weniger schönen Seiten an mir und trotzdem ist sie immer wieder zu mir zurückgekommen. Immer, nur dieses Mal nicht.

Gerade bin ich durch das Tor zu Aidens Auffahrt gefahren, kann ich schon von Weitem Evas Ford erkennen und mein dämliches Herz beginnt sich zu überschlagen. Wenn das freundschaftliche Reaktionen sind, sollte ich Aiden raten, neben Isa lieber keine »Freunde« zu haben.

Nachdem ich ausgestiegen bin und den knirschenden Kies verlassen habe, gehe ich die Stufen zum Haus hoch, wo Aiden schon die Tür öffnet. Habe ich mich vorhin in der Firma noch gefragt, ob ich mir seine Anspannung nur einbilde, bin ich mir jetzt absolut sicher, dass irgendetwas nicht in Ordnung ist.

Ihn skeptisch musternd, gehe ich an ihm vorbei durch den Flur in die Küche, wo Eva und Isa stehen. Eva zu sehen, lässt meinen Herzschlag kurz aussetzen, ihr und auch Isas Gesichtsausdruck lassen mich das jedoch schnell vergessen. Meinen Blick durch die Fenster in den Garten werfend, lausche ich nach Emily, höre jedoch nichts.

»Wo ist Emily?«

»Ich habe Isa gebeten, sie und Ethan zu Matt und Ella zu bringen.« Mit einem kurzen Blick zu Eva drehe ich mich zu Aiden um, der hinter mir in der Küche steht. Aus einem körperlichen Bedürfnis heraus hole ich tief Luft, was mein ungutes Gefühl jedoch auch nicht bessert.

»Was ist hier los?«, frage ich lauter als gewollt. Dabei sehe ich von einem zum anderen, bis Eva mir zögerlich ein paar aneinandergetackerte Zettel hinhält.

»Was ist das?« Zögerlich nehme ich die Zettel an mich und überfliege die erste Seite. Es ist Erins Krankenakte.

Ist dieses Weib jetzt vollkommen durchgeknallt? Wütend funkle ich sie an.

»Wo hast du das her?«

»Ist das nicht unwichtig?«

»UNWICHTIG?! Dir ist doch wohl klar, dass es illegal ist, sich die Krankenakte von anderen Leuten zu beschaffen.« Ärgerlich gebe ich ihr die Zettel zurück.

»Mit so einer Scheiße will ich nichts zu tun haben. Also, wo hast du die her?«

Auf ihrer Stirn tritt eine Vene hervor und ihre Lippen sind zu einem schmalen Streifen aufeinandergepresst. Verrückterweise muss ich zugeben, dass mir sogar dieser Anblick fehlt und ich mich unter anderen Umständen fast freuen würde, sie so wütend zu sehen. Mitten in diesen Gedanken fällt es mir wie Schuppen von den Augen.

»Dieser Schnösel.« Ich blicke zu ihr auf. »Dieser kleine Scheißer … er hat dir geholfen.«

Sie antwortet nicht. Braucht sie auch nicht, ich kann in ihr lesen wie in einem Buch und kenne die Antwort bereits.

»Dann kannst du deinem kleinen Freund schon mal vorsichtig beibringen, dass ich ihn morgen fristlos kündigen werde. Dafür kann er sich dann bei dir bedanken.«

Wütend kommt Eva auf mich zu und donnert mir die Zettel so heftig gegen den Bauch, dass ich beinahe versucht bin, mich nach vorne zu krümmen. Dennoch widerstehe ich dem Impuls und sehe in ihre vor Wut blitzenden Augen.

»Guck dir die verdammten Zettel an oder wisch dir damit den Arsch ab, ist mir scheißegal.« Damit rauscht sie an Aiden vorbei in den Flur, kommt aber noch einmal zurück und hält mir drohend ihren Finger unter die Nase. »Und solltest du es wirklich wagen, David zu kündigen, obwohl ich ihn überredet habe, mir diesen Gefallen zu tun, hast du fünf Minuten später meine fristlose Kündigung auf deinem Tisch liegen. Und dann schwöre ich dir bei allem, was mir heilig ist, sind wir zwei geschiedene Leute.«

Selbst wenn ich hätte antworten wollen, würde sie meine Worte nicht mehr hören, da sie die Haustür schon laut hinter sich hat zuknallen lassen. Hart schluckend, sehe ich zu Aiden und Isa, die in der gesamten Zeit zwar neben uns standen, ich sie aber komplett ausgeblendet hatte und dann auf das inzwischen zerknüllte Papier in meiner Hand. Ein weiterer Blick auf Aiden verrät mir, dass er die Akte kennt und sein zum Bersten angespannter Körper verdeutlicht, dass mir nicht gefallen wird, was in ihr steht.

Langsam blättere ich eine Seite nach der anderen um, lese die Einträge des Arztes, die mich nicht wirklich interessieren, bis eine Bewegung mich aufsehen lässt und Isa die Küche verlässt. Stirnrunzelnd wende ich mich der nächsten Seite zu und will gerade weiterblättern, als das Datum des letzten Eintrages auf dieser mein Interesse weckt … Das hat sie nicht getan?

Kraftlos lasse ich meinen Arm sinken.

»Liam.« Aiden greift nach mir, doch ich schüttle ihn energisch ab und renne aus dem Haus auf meinen Wagen zu. Noch im Laufen entriegele ich die Tür, steige sofort, als ich bei ihm ankomme, ein, werfe die Akte auf den Beifahrersitz und starte den Motor. In dem Moment als ich das Gaspedal durchtreten will, springt mir Aiden in selbstmörderischer Absicht vor die Motorhaube und ruft mir ein »Ich komme mit« zu. Sobald er neben mir sitzt, gebe ich Gas und nehme nur am Rande wahr, dass der Kies durch die drehenden Reifen gegen den Lack geworfen werden. Etwas, was mir unter normalen Umständen niemals passieren würde, mir jetzt jedoch völlig unwichtig erscheint.

»Was hast du jetzt vor?«

Meinen Blick starr auf die Straße gerichtet, versuche ich meine Gedanken zu ordnen und über seine Frage nachzudenken, aber es gelingt mir nicht.

Wie konnte ich nur jemals in eine Frau verliebt sein, die zu so etwas imstande ist. Was hätte sie mir mit einem einzigen Satz alles ersparen können.

Wenig später halte ich mit quietschenden Reifen vor Lucas' Haus und weiß nicht, ob ich hoffen soll, dass sie noch hier ist, oder ob ich hoffe, dass sie bereits weg ist. Mit der Akte in der Hand sprinte ich zur Haustür und drücke den Klingelknopf dutzende Male, bis Lucas nach einer gefühlten Ewigkeit die verdammte Tür aufmacht. Ohne ihn zu Wort kommen zu lassen, frage ich, ob Erin noch bei ihm sei, und bemerke, dass Aiden direkt hinter mir steht, als Erin schon hinter Lucas auftaucht und mich mit großen Augen ansieht.

Unkontrollierbare Wut schießt wie flüssige Lava durch meine Adern und so werfe ich ihr die Akte vor die Füße, um ihr nicht zu nahe kommen zu müssen.

»Sieh dir den verfickten Eintrag auf der fünften Seite an und sag, dass das nicht wahr ist.« Meine Stimme bebt und mein Körper ist zum Zerreißen gespannt. Die Sekunden, in denen sie sich durch die Seiten blättert, kommen mir wie Stunden vor und jedes Rascheln des Papieres dröhnt mir laut in den Ohren.

»Liam, ich … ich wollte es dir sagen.«

Bevor ich realisiere, was ich da tue, stürze ich in Erins Richtung, die reflexartig von Lucas zur Seite gestoßen wird, während Aiden mir die Arme auf den Rücken dreht und mich von hinten festhält.

»Du gottverdammte Schlampe, ich bring dich um! Hast du das verstanden? ICH BRING DICH UM!!!« Blind vor Wut zerre ich an meinen Armen und ignoriere den Schmerz, der daraufhin durch meine Schultern peitscht.

Lucas brüllt Erin zu, dass sie endlich verschwinden soll, und während Aiden mich Stück für Stück aus dem Eingang zerrt, knallt Lucas die Tür zu und verschließt sie von innen.

Wie durch dichten Nebel habe ich mitbekommen, dass Aiden mich ins Auto und nach Hause gebracht hat. In der Zwischenzeit ist meine rasende Wut fast vollständig tiefster Verzweiflung gewichen. All die Jahre hätte Erin die Möglichkeit gehabt, mich aufzuklären. Mir zu sagen, dass sie nie schwanger gewesen ist, und hätte mir damit meine Selbstkasteiung, die Selbstzweifel und das an mir nagende schlechte Gewissen nehmen können. Stattdessen hat sie mich bewusst in dem Glauben gelassen, ich wäre der

Grund für die Abtreibung unseres Babys gewesen. Ein Baby, das es nie gegeben hat.

Vollständig von der Situation überfordert, drehen sich die Gedanken in meinem Kopf, und bringen ihn damit zum Dröhnen. Vielleicht sollte ich froh sein, dass es so ist, um endlich Ruhe finden zu können, aber wenn ich bedenke, was mich der Glaube daran alles gekostet hat.

Wenn ich bedenke, wie ich so manche Frau behandelt habe, um sie bis auf den Sex von mir fernzuhalten. Meinen Wunsch nach einer eigenen Familie, den ich mir aus Schuldgefühlen selber verboten habe. Und letzten Endes hat mich dieses scheiß Schuldgefühl sogar Eva gekostet.

»Brauchst du was?« Fast hätte ich Aiden, der vor mir auf dem Wohnzimmertisch sitzt, vergessen und sehe apathisch zu ihm auf.

Brauche ich was?

»Ja. Kannst du Eva anrufen und fragen, ob sie herkommt?«

KAPITEL 19

Eva

Aiden steht bereits vor der Haustür, als ich meinen Wagen vor Liams Haus ausrollen lasse. Seinem Aussehen nach zu urteilen, geht es Liam genauso schlecht, wie er befürchtet hatte. Weder Isa noch ich konnten seine Reaktion auf die erfundene Schwangerschaft einschätzen, lediglich Aiden hat an seiner Seite miterlebt, mit welchen Selbstvorwürfen Liam zu kämpfen hatte und welche er noch immer auszutragen hat.

Er kommt mir auf dem Weg zur Tür entgegen, dreht sich aber noch einmal um und blickt zur Haustür.

»Und wie geht es ihm?«

Aiden schüttelt verzweifelt den Kopf und fährt sich mit der Hand durch die Haare. Die gleiche Geste, die auch Liam macht, wenn er verzweifelt ist, nachdenkt oder ihm die Worte fehlen. Wieder einmal wird mir bewusst, wie nahe sich die beiden stehen, obwohl sie keine leiblichen Brüder sind. Nein, das, was die beiden haben, ist so viel mehr wert als gleiche Gene.

»Ich weiß es nicht, er spricht ja nicht … Aber offenbar gibt es inzwischen auch jemanden, den er noch mehr braucht als mich.« Aiden lächelt mich schief an, was ich verschämt erwidere und ihn in den Arm nehme.

»Fahr nach Hause. Ich bleibe heute Nacht hier.«

»Bist du sicher?« Stirnrunzelnd sieht Aiden mich an und unter anderen Umständen würde ich ebenfalls denken, dass das die beklopptestе Idee überhaupt ist. Aber die Umstände sind nun mal nicht anders, sondern genauso wie sie sind und wenn Liam mich braucht, werde ich für ihn da sein.

Wir verabreden uns für den nächsten Morgen und mit dem Versprechen, dass ich mich sofort melde, falls etwas sein sollte. Dann gehe ich – noch einmal tief durchatmend – in das Haus.

Als ich das Wohnzimmer betrete, sitzt Liam mit starr auf den Fußboden gerichteten Blick auf der Couch und scheint mein Kommen nicht einmal zu bemerken. Nicht sicher, ob oder was ich sagen soll, gehe ich zu ihm und streiche einfach sachte mit meinen Fingern durch sein weiches Haar, was ihn zu mir aufblicken lässt. Einen Moment lang sehen wir uns intensiv in die Augen, was mir eine Gänsehaut über den Körper jagt, denn auch ohne Worte kann ich die tiefe Verzweiflung in ihnen erkennen. Noch immer in dem Blau seiner Iriden gefangen, zieht er mich vor sich, zwischen seine Knie, drückt sein Gesicht an meinen Bauch und schraubt seine Arme um meine Mitte. Tief einatmend, schlucke ich gegen das aufkommende Schluchzen an und lege meinen Kopf in den Nacken, um die Tränen darin am Überlaufen zu hindern.

Ich weiß nicht, wie lange ich so dastehe und ihm mit trägen Bewegungen über seine Haare streichle, bis Liam sich schließlich von mir löst und zur Seite rückt, damit ich mich neben ihn setze. Obwohl er es ist, der Trost braucht, zieht er meinen Kopf an seine Schulter und spielt mit einer meiner Haarsträhnen. So wie er es schon oft gemacht hat, wenn wir über Gott und die Welt sinniert haben. Irgendwann unterbricht er die Stille.

»Ich weiß einfach nicht mehr, was ich denken oder fühlen soll.«

Überrascht richte ich mich auf und setze mich seitlich hin, um ihn ansehen zu können.

»Der Glaube, dass ich mein eigenes Kind auf dem Gewissen habe, hat mich verändert. Mit dem Tag war mein altes Leben zu Ende und das neue, beschissenere fing an. Die ersten Monate danach habe ich mich kaum auf etwas anderes konzentrieren können. Keine Ahnung, wie oft ich nächtelang wach lag und mich gefragt habe, was ich hätte anders machen können. Und wenn, ob das überhaupt etwas genützt hätte. Hätte, wäre, sollte. Ich hatte so viele Fragen und keine Antworten.«

Tränen sammeln sich in Liams Augen und er presst seine Lippen aufeinander.

»Über meine Zukunft Betreffendes habe ich danach nicht einmal mehr nachgedacht, da ich in meinen Augen das Recht auf eigenes Glück verwirkt hatte. Nie hätte ich mir erlaubt, trotz der Schuld glücklich sein. Ich habe in jeder Frau Erin gesehen und in meinem Frust so manches gesagt oder getan, worauf ich rückblickend wirklich nicht stolz bin.«

Wie gerne würde ihm helfen und doch fehlen mir die Worte. Daher nehme ich einfach seine Hand, um ihm zu zeigen, dass ich da bin.

»Aiden und meine Eltern haben mir eingeredet, dass mich keine Schuld trifft und ich mir selbst verzeihen müsste. Aber wo sollte ich hingehen und um Verzeihung bitten? Es gab kein Grab, nichts, wo ich hätte hingehen können. Damit sie sich keine

Sorgen mehr machen, habe ich irgendwann angefangen, einfach zu funktionieren, und bin zu … zu diesem Arschloch geworden, das ich jetzt bin.«

Traurig lächelt er mich an.

»Und dann habe ich dich kennengelernt und dich genauso schlecht behandelt wie alle anderen. Und obwohl du mich am Anfang genauso verabscheutest, wie ich es wollte, haben wir die Nähe zueinander irgendwann gesucht. Mit dir zusammen konnte ich meine Schuldgefühle kurzzeitig vergessen und auch wenn sie später umso heftiger zurückkamen, war es mir das wert. Wenn du bei mir warst, dachte ich manchmal, wie schön und einfach das Leben doch sein könnte, und dann kam da wieder das große Wenn.«

Liam sieht auf unsere ineinander verschränkten Finger hinab und so wische ich mir schnell die Tränen aus dem Gesicht, bevor er sie sehen kann.

»Ich weiß nicht mehr, wer ich ohne dieses Gefühl bin, Eva. Wenn ich nicht mehr der verbitterte Liam bin, was bleibt dann noch übrig? Ich kann mich nicht mal mehr erinnern, wer ich davor einmal gewesen bin. Ich kenne mich offenbar selbst nicht mehr.«

Obwohl meine Brust eng ist und ich fürchte, kein Wort herauszubekommen, muss ich etwas sagen.

»Aber ich kenne dich.« Ohne ihn aus den Augen zu lassen, spreche ich weiter.

»Du bist impulsiv, manchmal sogar etwas zu sehr. Du weißt ja, dass ich dir immer sage, du sollst erst nachdenken und dann handeln. Du bist oftmals ohne jegliches Einfühlungsvermögen. Dazu aufbrausend, überheblich und sowas von selbstgerecht.«

»Danke, Eva. Ich glaube, dann habe ich genug gehört.«

»Gleichzeitig bist du aber auch der großherzigste Mensch, den ich kenne. Du bist willensstark, ehrlich und loyal. Zudem bist du humorvoll, wenn auch auf deine eigene Art. Zugleich bist du feinfühlig und liebevoll. Das alles bist du. Dieses Schuldgefühl ist vielleicht ein Teil von dir und wird es immer bleiben, aber es macht dich nicht aus. Wenn du dich nur mit meinen Augen sehen könntest. Du bist so viel mehr.« Mit tränenerstickter Stimme beende ich meinen Monolog und hoffe, dass irgendetwas davon zu ihm durchgedrungen ist.

»Warum bin ich nur nicht von selbst auf die Idee gekommen, dass die Schwangerschaft nur erfunden war? Vor allem, nachdem ich wusste, dass sie offensichtlich nur auf Geld aus war.«

»Vermutlich war neben deinen Selbstvorwürfen einfach kein Platz mehr, dir solche Fragen zu stellen, und so schwer es auch ist, du musst jetzt nach vorne sehen. Erin hat jahrelang dein Leben bestimmt. Was sie getan hat, ist unverzeihlich und niemand kann dir die durch sie verlorenen Jahre zurückgeben. Aber lass sie jetzt nicht auch noch deine Zukunft beeinflussen.«

Liams Augen blitzen wütend auf und so sehr es mich auch freut, nicht mehr die Trauer darin zu sehen, ist das doch der falsche Weg.

»Du kannst dich jetzt von deiner Wut zerfressen lassen und dich nur darauf konzentrieren, es ihr irgendwie zurückzuzahlen. Oder aber du fängst an, mit dir ins Reine zu kommen. Es ist noch nicht zu spät, neue Pläne zu machen. Was auch immer du dir nicht erfüllen wolltest, ist jetzt wieder möglich. Und irgendwann wird dein Leben schön und einfach werden. Ganz ohne das große Wenn.«

Lächelnd legt er eine Hand an meine Wange und fährt mir mit dem Daumen über die Wange.

»Du warst schon immer so viel klüger als ich.«

Das erneute Brennen in meinen Augen ignorierend, widerstehe ich dem Drang, mich in seine Hand zu schmiegen, und lächle zurück.

»Das weiß ich. Was glaubst du wohl, warum ich dich schon so lange ertrage? Ich habe halt Mitleid mit den Blöden.«

Und endlich verzieht sich sein Gesicht zu einem Lachen, woraufhin er mich wieder in seine Arme nimmt und mir einen Kuss auf den Scheitel gibt.

»Danke, dass du gekommen bist.«

Auch wenn mir der Auslöser für all das bis vor Kurzem nicht bewusst war und auch wenn es mich enttäuscht, dass er sich mir erst so spät anvertraut hat, kann ich verstehen, dass er diese Zeit seines Lebens auszublenden versucht hat.

In den folgenden Stunden reden wir über alles, über nichts und schweigen gleichzeitig. Fast fühlt es sich an wie früher, wenn wir einfach nur beieinandergesessen haben, aber eben nur fast. Trotz der Ernsthaftigkeit unseres Gespräches kann ich eine Gänsehaut und die kribbelnden Stellen meines Körpers, mit denen ich mich gegen ihn anlehne, nicht leugnen.

Es muss bereits weit nach Mitternacht sein, als ich mit meinem Kopf an seiner Schulter einschlafe.

***

Sanfte Lippen liegen auf meinen und knabbern daran.

»Eva, wach auf. Lass uns ins Bett gehen.«

Mehrmals blinzelnd werde ich nur langsam wach, bis ich die Augen endgültig aufschlage und direkt in Liams strahlend eisblaue Augen sehe.

»Du bist eingeschlafen.«

Verwirrt blicke ich mich um und stelle fest, dass ich noch immer auf Liams Couch liege, bevor ich wieder in sein Gesicht sehe. Noch immer kann ich den Geschmack seiner warmen Lippen auf meinen spüren. Warum hat er das gemacht? Für einen Sekundenbruchteil überlege ich, seinen Mund fixierend, ob ich ihm eine scheuern soll, werde jedoch dabei unterbrochen, als er mich erneut küsst.

Seine Lippen sind so unglaublich weich und als seine Zunge sanft meinen Mund öffnet, verabschiedet sich mein Gehirn endgültig. Übermütig ziehe ich ihn an seinem Nacken enger an mich. Gott, wie sehr habe ich seinen Geschmack vermisst, seine sanfte Zunge, die meinen Mund erobert, als wäre sie alleine dafür geschaffen worden. Ohne den Kuss zu unterbrechen, richte ich mich auf, drücke ihn gegen die Rückenlehne und setze mich rittlings auf seinen Schoß, was ihn in meinen Mund stöhnen lässt. Allein dieses Geräusch, von dem ich dachte, es nie wieder zu hören, jagt einen Schauer der Erregung durch meinen Körper, der sich zwischen meinen Beinen bündelt. Durch die Schichten unserer beider Hosen spüre ich allzu deutlich seine Erektion und lasse mein Becken darauf kreisen. Den Kuss unterbrechend, reiße ich an seinem Hemd und höre die zur Seite fliegenden Knöpfe irgendwo im Wohnzimmer aufkommen, was Liam mit einer hochgezogenen Augenbraue quittiert. Lächelnd ziehe ich das Hemd aus seinem Hosenbund und zerreiße den Rest der Knopfleiste, um mir gleich darauf mein Oberteil über den Kopf zu ziehen. Ich will unbedingt seine nackte Haut an meiner spüren und sobald meine Fingerspitzen über seine Brust streichen, ziehen sich seine kleinen Brustwarzen fest zusammen und eine Gänsehaut erscheint auf seiner Brust.

»Sag mir, dass dich keine andere anfassen durfte.«

»Nein, nie wieder.«

Ein kleiner Teil in mir möchte vor Freude heulen, doch Liams Hände, die meinen BH öffnen und meine Brüste umfassen, lenken mich von diesem Gedanken ab. Als er endlich einen meiner Nippel mit seinem Mund umschließt, lasse ich seufzend den Kopf in den Nacken fallen und spüre nur noch ihn.

Seine Zunge, seine Hände, die überall auf meinem Körper zu brennen scheinen, und meine Klit, die vor Verlangen pulsiert. Ich lasse mich von seinem Schoß auf den Boden gleiten, öffne seine Hose und ziehe sie mitsamt seiner Short von seinem göttlichen Hintern, wobei er mir hilft, indem er diesen anhebt. Sobald ich seinen Schwanz daraus befreit habe, schnellt er in seiner ganzen Pracht nach oben und reckt sich mir entgegen. Ohne mich weiter um die Hose um seine Knöchel zu kümmern, umschließe ich ihn mit meiner Hand, was Liam erneut aufstöhnen lässt. Unter halb geschlossenen Lidern liegt sein Blick auf mir, während ich beginne, meine Hand an seinem Schwanz auf und ab zu bewegen. Wie oft habe ich gehofft, ihn jemals wieder so anfassen zu können. Seine samtene Härte an oder in mir zu fühlen.

Ein Lusttropfen tritt aus der Öffnung seiner Eichel und so beuge ich mich vor und umschließe seine Spitze mit meinem Mund, woraufhin sich Liams Hand in mein Haar krallt. Wollte ich eigentlich nur den salzigen Tropfen ablecken, genieße ich jetzt das Gefühl, was es mit Liam macht, und nehme ihn weiter in meinen Mund auf. Ohne ihn aus den Augen zu lassen, bewege ich meinen Kopf vor und zurück, lecke an seinem empfindlichen Bändchen und sauge an seiner Eichel, bis er qualvoll stöhnend den Kopf auf die Rückenlehne sacken lässt.

»Wenn du jetzt nicht aufhörst, war's das gleich.« Ein letztes Mal sauge ich an ihm, ziehe meinen Kopf zurück und gebe ihm noch einen Kuss auf seine pralle Spitze, was ihn zusammenzucken lässt. Danach rapple ich mich vom Fußboden auf, streife in einem Zug meine restliche Kleidung ab und setze mich wieder auf Liams Schoß.

Seine Hände streichen meine Haare aus dem Gesicht, wobei er nichts anderes macht, als mich anzusehen. Allein unter seinem eindringlichen Blick stellen sich meine Nippel noch fester auf und der Druck meiner Klit ist inzwischen fast qualvoll. Ihn endlich in mir spüren wollend, stütze ich mich auf seinen Schultern ab, hebe mein Becken an und dirigiere seinen heißen Schwanz an meine nasse Öffnung. Einen kurzen Moment lang ist es mir fast unangenehm, wie feucht ich für ihn bin, als ich mich langsam auf ihn niederlasse und mich selbst mit seinem Schwanz aufspieße, der mich quälend schön dehnt. Noch immer hält Liam meinen Blick fest, ehe er doch für einige Sekunden seine Augen schließt und sich rein auf das Gefühl unserer Vereinigung konzentriert.

Als ich ihn endlich in mich aufgenommen habe, lasse ich mein Becken kreisen und reibe meine Klit an seinem Schambein, wobei ich immer schneller werde. Liam drückt sich von unten zusätzlich gegen mich, sodass ich ihn ganz tief in mir spüren kann, wodurch meine Bewegungen immer unkontrollierter werden. Das glühende Gefühl, das von meiner Klit aus in jeden Winkel meines Körpers ausstrahlt, ist fast zu viel, bis er seinen Daumen gegen sie drückt und den Knoten in mir zum Platzen bringt. Laut seinen Namen stöhnend, pulsiert der Orgasmus endlos durch mich hindurch, bis ich auf Liam zusammensacke, wo er mich auffängt.

Mit meiner Stirn an seiner komme ich wieder zu Atem und obwohl ich mich geschwächt fühle, will ich nicht, dass es endet.

»Fick mich, Liam! Zeig mir, dass ich immer noch dir gehöre.«

Liams Blick ist dunkel und lustverhangen. Bevor ich aber darin versinken kann, hebt Liam mich auf die Couch, lehnt meinen Oberkörper über die Rückenlehne und versenkt sich mit einem tiefen, harten Stoß in mir, was mich erschrocken aufstöhnen lässt.

»Ich dachte, das wüsstest du auch so!« Kaum ausgesprochen beginnt er sich in einem schnellen, unnachgiebigen Rhythmus in mich zu rammen, wobei seine Stöße mit jedem Mal an Härte zunehmen und ich von ihm weg, gegen die Sofalehne rutsche.

Grob bohren sich seine Finger in das Fleisch meiner Hüfte, um mich an Ort und Stelle zu halten, während er sich gnadenlos in mich versenkt.

Alles, was ich noch wahrnehme, ist sein angestrengtes Keuchen, mein lustvolles Stöhnen, das Gefühl, wie seine Lenden an meinen Hintern klatschen, der Geruch nach Sex und das schmatzende Geräusch meiner Feuchtigkeit. Schon jetzt spüre ich, wie sich meine Muskeln um Liams Schwanz zusammenziehen. Als er sich kurz darauf, sinnlich stöhnend in mir entlädt, reicht allein dieses Geräusch, um mich mit ihm in die Tiefe zu reißen.

KAPITEL 20

Eva

Blinzelnd öffne ich die Augen, schließe sie aber sofort wieder, als das grelle Licht mich blendet, und lege mir ein Kissen auf das Gesicht. Tief einatmend, erkenne ich Liams Geruch, der daran hängt, und langsam kommen die Erinnerungen an den gestrigen Abend und die darauffolgende Nacht wieder.

Liams Hände an meiner Haut, seine Lippen überall auf meinem Körper und sein Stöhnen an meinen Ohren. Allein die Erinnerung daran ruft ein Kribbeln an meiner Klit hervor, sodass ich meine Beine zusammenkneife und mich auf die Seite drehe, um auf den Wecker sehen zu können.

Erschrocken richte ich mich im Bett auf. Scheiße, es ist schon nach zwölf. Dann sollte ich mich wohl frisch machen und sehen, wo Liam ist. Das unangenehme Ziehen in meinem Magen versuche ich zu ignorieren und doch kann ich nicht verhindern, mich zu fragen, was die gestrige Nacht zu bedeuten hatte.

War es seine Verwirrung, sein Wunsch nach Ablenkung, weshalb er mit mir geschlafen hat? Wenn ich weiter hier rumsitze, werde ich es wohl nie erfahren und so gehe ich in das an das Schlafzimmer angrenzende Bad, um mich zumindest zu waschen.

Meine Zahnbürste steht noch genauso da, wie ich sie beim letzten Mal hinterlassen habe, und während ich mir die Zähne putze, mustere ich mein Spiegelbild. Durch das lange Schlafen sehe ich erholt aus. Die Schlaflosigkeit, das unregelmäßige Essen und der viele Kaffee in den letzten Tagen haben unweigerlich ihre Spuren hinterlassen.

Mit noch stärkeren Magenschmerzen verlasse ich das Bad und gehe auf die Schlafzimmertür zu, die in den Flur führt. Dabei lasse ich meinen Blick noch einmal über das Bett gleiten, bis er an einem Zettel auf dem Nachttisch hängen bleibt.

Sollte ich nicht da sein, wenn du aufwachst, warte bitte auf mich.

Unsicher, was mich erwartet, betrete ich den Flur, wo mir als Erstes Kaffeeduft entgegenschlägt, und gehe die Treppe herunter in die Küche, wo ich keinen Liam vorfinde.

»Liam?« Von der Küche aus gehe ich in das Wohnzimmer, wo er auch nicht ist, entdecke ihn dann aber im Flur. Oder zumindest einen Teil von ihm. Er scheint auf dem Fußboden zu liegen, jedoch kann ich nur seine Füße erkennen. Der Rest seines Körpers verschwindet im Bad.

Was zum Teufel macht er da? Langsam gehe ich auf ihn zu und höre sein leises Fluchen.

»Das ist also der Dank dafür, dass ich dich gerettet habe. Du bist eine Bestie. Eine heimscheißende Bestie.«

»Liam?«

Wie von der Tarantel gestochen, kommt sein Oberkörper hochgeschossen und fast scheint es so, als hätte er vergessen, dass ich hier bin. Noch einmal sieht er in das Bad vor sich, donnert laut krachend die Tür zu und steht vom Fußboden auf.

»Hey.«

Stirnrunzelnd wechselt mein Blick zwischen Liam und der Badezimmertür. Vielleicht war das alles doch schlimmer für ihn, als ich dachte, und er dreht langsam durch?

»Was machst du da?«

»Äh … nichts?«

Gerade als ich antworten will, höre ich ein leises Winseln hinter der Badezimmertür. Mit fragendem Blick schiebe ich ihn zur Seite und öffne die Tür, hinter der ein kleines helles Bündel zum Vorschein kommt und mir entgegenstolpert.

Überwältigt ziehe ich zischend die Luft ein, werfe Liam noch einen Blick zu und knie mich vor das kleine Fellknäuel vor mir, das eilig auf mich zugetapst kommt und mit den Vorderpfoten auf meinen Schoß krabbelt.

Völlig von dem kleinen Welpen eingenommen, beachte ich Liam erst wieder, als er sich mit je einem Bein links und rechts von mir, hinter mich setzt und mit seiner riesigen Hand über das kleine Köpfchen streichelt.

»Ich habe intensiv und viel nachgedacht, darüber dass du denkst, dass ich meine Gefühle für dich falsch gedeutet habe. Und es stimmt, ich liebe dich als meine Freundin, aber da ist auch noch eine andere Liebe, die ganz bestimmt nicht freundschaftlich ist.«

Da er nicht weiterspricht, drehe ich meinen Kopf in seine Richtung.

»Nur mit dir zusammen kann mein Leben ohne das große Wenn schön und einfach werden. Vielleicht habe ich es nicht immer verdient, aber ich wäre der glücklichste Mensch der Welt, wenn meine beste Freundin sich dazu herablassen könnte … mir noch eine Chance zu geben. Damit ich ihr zeigen kann, dass ich sie auf jede erdenkliche Weise liebe.«

Mühsam schlucke ich die aufkommenden Tränen herunter und deute auf den Hund, der sich gerade an Liams Hosenbein zu schaffen macht.

»Und was ist das hier, ein Bestechungsversuch?«

»Na ja, du hast doch immer vom Heiraten, Kindern und einem Hund geträumt. Irgendwo müssen wir ja anfangen … Für den Rest gib mir bitte noch ein bisschen Zeit. Okay?«

Den Kampf gegen die Tränen verloren, vergrabe ich mein Gesicht nickend an seiner Halsbeuge und lasse ihnen freien Lauf. All der Druck, die aufgestauten und nach hinten gedrängten Gefühle machen sich Luft und entladen sich in einem einzigen Heulkrampf, der sich jedoch so viel befreiender und erlösender anfühlt als die der letzten Tage.

Nachdem ich wieder zur Ruhe komme und Liams Shirt ziemlich undamenhaft vollgeschnoddert habe, nehme ich das Taschentuch, das er mir reicht, dankend an. Noch immer bei ihm angelehnt, sehen wir beide zu, wie der Hund erfolgreich das erste kleine Loch in Liams Hosenbein gebissen hat und wild mit dem Kopf schüttelnd daran reißt.

»Ich liebe dich auch auf jede erdenkliche Weise.«

Seine Wange liegt auf meinem Scheitel und ich kann sein Lächeln auf meiner Kopfhaut spüren, bis ich mich schniefend aufsetze, um ihn ansehen zu können.

»Also, wie nennen wir unser erstes Familienmitglied.«

Liam zieht seine Augenbrauen zusammen.

»Das ist einfach, Heimscheißer. Er hat mein Faultier zerstört und mir in die Küche geschissen.«

Dabei sieht er so empört aus, dass ich auflachen muss.

»Was für ein Faultier?«

Liam zeigt in das Wohnzimmer, wo ein kleines Kuscheltier auf dem Sofa liegt, dem Füllmaterial aus dem Kopf guckt. Es ist das Faultier aus diesem einen Film. Ice Age, glaube ich.

»Eigentlich wollte ich dich damit überraschen. Da wusste ich auch noch nicht, dass dieses tollwütige Etwas sich auf der Rücksitzbank darüber hermacht.«

Vermutlich sehe ich Liam an, als würde ich ihn für verrückt halten und tatsächlich ist mir gerade nicht klar, was er mir eigentlich sagen will.

»Vielleicht erinnerst du dich nicht mehr, aber irgendwann habe ich einmal zu dir gesagt, dass ich hoffe, dein Traumprinz kommt auf einem Faultier. Damit er nicht so schnell hier ist, um dich mir wegzunehmen … Es tut mir leid, dass ich so lange gebraucht habe, den Weg zu dir zu finden. Ich hoffe nicht zu lange?!«

Sprachlos schüttle ich meinen Kopf und spüre die nächste Träne an meiner Wange herablaufen.

»Nein. Nein, du kommst genau richtig.« Und in diesem Moment weiß ich, dass uns nie mehr etwas trennen wird.

EPILOG

Eva

Zwei Jahre später

Oh Gott, ich werde in Ohnmacht fallen. Mein ganzer Körper zittert so heftig, dass ich Angst habe, meine Knie könnten mich nicht mehr tragen und so klammere ich mich Halt suchend an Matt fest, der mich warmherzig anlächelt.

Sophia, Emily und Ethan laufen aufgeregt vor der Tür umher, und können es kaum abwarten, dass sie endlich hindurchgehen dürfen.

»Matt, ich glaube, ich muss mich übergeben.«

Obwohl er selbst aufgewühlt ist, tätschelt er mir die Hand, als würde er ein kleines Kind beruhigen.

»Atme einfach ruhig ein und aus. Das wird schon.«

Ha, als ob er eine Ahnung hätte, was ich gerade durchmache. Mein Atem geht flach und ich habe das Gefühl in diesem Monstrum von Kleid zu ersticken. Die Band wechselt die Musik und »Una Mattina« von Ludovico Einaudi ertönt durch die Terrassentür ins Innere des Hauses. Das Startsignal für die Blumenkinder, die auf der Stelle loslaufen. Noch einmal atme ich zittrig ein, lege meinen Arm um den von Matt und nicke ihm zu. Los gehts.

Kaum dass wir aus der Haustür treten, nimmt meine innere Unruhe quälende Formen an. Mein Herz schlägt heftig und das

Zittern meiner Knie erreicht Höchstwerte. Bitte lass mich nicht hinfallen.

Von hier aus kann ich unser Ziel, den weißen Pavillon schon sehen. Links und rechts davor bilden vollbesetzte weiße Bänke ein Spalier, durch das ich gleich hindurchgehen werde. Sofern ich bis dahin nicht wirklich zusammengebrochen bin.

Als wir um die Ecke biegen, bin ich mir dem Raunen, das durch die Bänke geht, und den vielen Blicken, die auf mir liegen, noch kurz bewusst, bis ich Liam am Ende des Ganges unter dem Pavillondach sehe.

Augenblicklich blende ich alles andere aus und sehe nur noch ihn, wie er mit liebevollem Blick auf mich wartet. Eva, reiß dich zusammen. Zu spät, mir entkommt ein leises Schluchzen, woraufhin Matt beruhigend über meine Hand streicht.

Je näher wir Liam kommen, desto mehr sehe ich ihm an, dass es ihm ebenso geht wie mir. Einerseits will ich mich von Matts Arm losreißen und zu ihm laufen, anderseits habe ich so verdammt lange auf diesen Tag warten müssen, dass ich jede Sekunde auskosten möchte. Endlich bei ihm angekommen, dreht Matt sich zu mir, gibt mir einen Kuss auf die Wange und legt meine Hand auf Liams.

»Pass gut auf sie auf.«

Ohne den Blick von mir zu nehmen, nickt Liam, um seine Antwort zu bekräftigen.

»Das werde ich.«

Nur noch aus dem Augenwinkel nehme ich wahr, dass Matt sich zu Aiden an die Seite stellt.

»Du warst noch nie so wunderschön wie heute.«

Nervös lächle ich Liam an, während wir uns zu dem Pfarrer drehen und kurz darauf vor ihm Platz nehmen.

Nachdem Ruhe unter den Gästen eingekehrt ist, beginnt er mit der Traurede, von der ich nur die Hälfte mitbekomme.

»So schließt jetzt vor Gott und den anwesenden Gästen den Bund der Ehe, indem ihr euer Ehegelübde sprecht und euch den Ring der Treue ansteckt.«

»Liam, ich habe viel darüber nachgedacht, was ich dir heute sagen könnte. Doch es gibt keine Worte, die meine Empfindungen für dich auch nur im Ansatz wiedergeben könnten … Meine Weg zu dir war steinig und mit vielen Tränen verbunden, trotzdem würde ich ihn jederzeit wieder für dich gehen. Denn es wird niemals jemanden geben, der dich so sehr liebt, wie ich es tue.«

Meine letzten Worte kommen nur noch mit tränenerstickter Stimme, sodass ich befürchte, Liam könnte nicht alles verstanden haben. Sanft fährt er mir mit seinem Daumen über die Fingerknöchel, während Tränen in seinen Augen stehen und er mich anlächelt. Doch er hat mich verstanden, selbst wenn ich kein einzelnes Wort ausgesprochen hätte.

Zaghaft löse ich meine rechte Hand von ihm und beuge mich rechts neben mich, wo ich in vor Freude strahlende eisblaue Augen sehe. Eisblaue Augen, die in dem wunderschönsten Gesicht sind, das ich je gesehen habe. Mit zitternden Fingern nehme ich den Ring von dem kleinen Kissen, das Sophia mir hinhält, und zwinkere ihr zu, was sie, wenn überhaupt möglich, noch breiter grinsen lässt.

»Trage diesen Ring als Zeichen meiner bedingungslosen Liebe auf jede erdenkliche Weise und als Versprechen meiner Treue. In guten wie in schlechten Zeiten.«

Als ich Liams linke Hand nehme, um ihm den Ring anzustecken, zittere ich so stark, dass die Gäste in der letzten Reihe vermutlich denken, ich würde ihnen zuwinken.

»Eva. Während ich mein Ehegelübde geschrieben habe, habe ich dich oft beobachtet. Wie du mich ansiehst, wenn du denkst, ich würde es nicht merken. Als wäre ich das Wertvollste, das du je besessen hast. Ich weiß, dass ich es dir nicht einfach gemacht habe, und doch hast du immer den Mann in mir gesehen, der ich eigentlich sein wollte. Der richtige Mann für dich. So lange ich lebe, werde ich dich immer genauso ansehen, wie du mich, wenn du denkst, ich würde es nicht merken. Weil du das Wertvollste bist, das ich je besitzen werde.«

Erfolglos versuche ich, die Tränen von meinem Gesicht zu tupfen – wobei ich ihm meine Hand entgegenstrecke –, komme aber nicht dagegen an.

»Trage diesen Ring als Zeichen meiner bedingungslosen Liebe auf jede erdenkliche Weise und als Versprechen meiner Treue. In guten wie in schlechten Zeiten.« Liams Hand zittert nicht weniger als meine, sodass er zwei Anläufe braucht, um mir den Ring anzustecken.

»Kraft meines Amtes erkläre ich Eva Smith und Liam Benett hiermit zu Mann und Frau.«

***

Überglücklich beobachte ich Liam, wie er sich mit unserer einjährigen Tochter Sophia auf dem Arm immer wieder im Kreis dreht. Inzwischen ist er ganz blass geworden, aber bevor er seiner Prinzessin einen Wunsch ausschlägt, verteilt er lieber alles, was er vorhin gegessen hat, auf der Tanzfläche. Vor Freude kreischend, wirft sie ihren Kopf zurück und ruft ihm ein »nochma« nach dem anderen zu.

Gleich nachdem ich damals zu Liam gezogen bin, war ich mir sicher, schwanger zu sein, und obwohl die Schwangerschaft geplant war, hat es Liam erst einmal den Boden unter den Füßen weggezogen. Ohne dass er es wollte, hat er sich um Jahre zurückversetzt gefühlt und wurde misstrausch, ob dem wirklich so ist. Also habe ich kurzerhand einen Arzttermin ausgemacht, den ich mit ihm zusammen wahrgenommen habe. Niemals werde ich seinen glückseligen Gesichtsausdruck vergessen, als die Ärztin auf den Monitor zeigte und sagte: »Herzlichen Glückwunsch, das hier ist Ihr Kind.«

Wie sehr er sich daraufhin allein für seine Vermutung geschämt hat und obwohl es mich verletzt hat, habe ich ihn dennoch verstehen können. Nach einer gemeinsamen Aussprache haben wir nie wieder ein Wort darüber verloren und manchmal, wenn ich die beiden heimlich beobachte, weiß ich, dass er nichts so sehr vergöttert wie sie. Vermutlich noch nicht einmal mich.

Erin haben wir nur noch ein einziges Mal gesehen, als sie sich mit der Ausrede jung und dumm gewesen zu sein, bei Liam entschuldigt hat. Sie war damals tatsächlich mit der Vermutung einer Schwangerschaft bei diesem Arzt, der jedoch keine feststellen konnte. Wo sie dann das Ultraschallbild herhatte, wissen wir bis heute nicht. Auch auf Liams Frage, warum sie es nicht irgendwann richtiggestellt hat, hatte sie keine Antwort.

Obwohl es ihm schwergefallen ist, hat er die Geschichte ruhen lassen und das Kapitel endgültig abgeschlossen. Ein Teil von ihm wird es wohl nie ganz vergessen können, dafür saß der Schmerz zu tief, aber er hat mir zuliebe nach vorne gesehen. Auch Lucas' Sorge, dass Stone & Benett Investment ihm nun die finanzielle Unterstützung nimmt, war unbegründet, da er von der arglistigen Täuschung seiner Schwester nie etwas wusste.

»Hallo Schönheit.« Breit grinsend, setzt sich David mir gegenüber an den Tisch. Im Laufe der letzten Jahre haben Liam und ich eine lockere Freundschaft zu ihm aufgebaut und werden ihm für das, was er für uns getan hat, ewig dankbar sein.

Leider arbeitet David nicht mehr in der Firma, da er sich mit seinem damaligen Mitbewohner selbstständig gemacht hat. Der Schwerpunkt liegt, wie sollte es auch anders sein, beim Aufdecken von Lücken im Sicherheitssystem und Stone & Benett Investment ist nicht nur Investor, sondern größter Kunde der inzwischen gut gehenden Firma. Seinem Ehrenkodex folgend, hat er damals auch Doktor Hanson informiert, dass seine Mitarbeiter doch bitte keine wildfremden Dokumente im E-Mail-Anhang öffnen sollen.

»Na, Scheißer, machst du dich schon wieder an meine Frau ran?« Liam klopft David auf die Schulter und setzt sich neben mich. Debil grinse ich ihn an. Das ist das erste Mal, dass er mich so nennt und es hört sich verdammt gut an.

»Deine Frau hat mir gerade von eurem Ausflug auf die Eisbahn erzählt.«

Genervt sieht Liam zu mir, sodass ich mein Grinsen schnell hinter meinem Weinglas verstecke.

»Wie ich höre, ist Sophia vor dir abgehauen und du bist mit so einem dämlichen Kinder-Pinguin hinter ihr hergestolpert.«

Liams Gesichtsausdruck lässt mich laut auflachen, was ihn ungewollt ebenfalls zum Lachen bringt. Für mich das schönste Geräusch – na ja neben seinem Stöhnen –, das es gibt, und um nichts in der Welt werde ich je wieder darauf verzichten.

»Und du, wie ich sehe, immer noch wenig erfolgreich beim Muskelaufbau?« Dabei deutet Liam auf Davids Arme, was diesen grinsen lässt.

»Die Frauen stehen drauf, was soll ich machen?«

Wenig später lässt er uns alleine und Liam zieht mich näher an sich heran, wobei wir in den Teil des Gartens blicken, in dem keine weißen Zelte oder Tische stehen.

Emily läuft mit Heimscheißer vorweg, während Ethan und Sophia jauchzend versuchen, sie einzuholen. Natürlich heißt Heimscheißer eigentlich Buddy, aber so oft ich Liam auch korrigiert habe, er hat ihn noch nie anders genannt. In der Zwischenzeit habe ich es aufgegeben, da Buddy mehr darauf als auf seinen eigentlichen Namen hört.

Seine Lippen berühren sanft meinen Scheitel, bevor er die Stille unterbricht.

»Hättest du gedacht, dass wir beide jemals so hier sitzen würden.«

Lächelnd schmiege ich mich noch enger an ihn.

»Nein. Aber ich habe es immer gehofft.«

***

Zwei Stunden später verlasse ich in einer weiß transparenten Korsage, einem mehr als knappen Höschen, Strapsen und halterlosen Strümpfen mit Spitze das Badezimmer. Liam sitzt auf dem Bett und starrt mich an, als würde er mich heute zum ersten Mal sehen. Mir über die Lippen leckend, glaube ich tatsächlich, unter seinem intensiven Blick rot zu werden.

Ich stelle mich zwischen seine Beine vor das Bett, wobei Liam seine Hände über meine Oberschenkel nach oben, über die nackte Haut meines Hinterns fahren lässt. Wenn überhaupt, hat sich seine Wirkung auf mich in den letzten Jahren nur noch verstärkt. Einzig und allein sein hungriger Blick reicht aus, um ein verlangendes Kribbeln durch meinen Körper zu schicken.

»Also Mrs. Benett. Bereit für die heutige Übung zum Projekt Familie vergrößern?«

Glückselig lächle ich auf ihn herab, bevor er mich ruckartig auf seinen Schoß zieht, was mich, als ich seinen schon harten Schwanz unter meiner Pussy spüre, aufstöhnen lässt.

Vorsichtig, so als wäre er zerbrechlich, umfasse ich sein Gesicht und streiche mit meinem Daumen zart über seine Lippen, während er mir voller Hingabe in die Augen sieht.

»Ich liebe dich so sehr, Liam.«

»Ich liebe dich auch, auf jede erdenkliche Weise.«

EPILOG DIE ZWEITE

Liam

Ein Jahr später

Mit einer riesigen Tasche in jeder Hand quäle ich mich die Stufen zu unserer Haustür hoch, während Eva und Sophia bereits hineingelaufen sind.

Heute haben Sophia, der Heimscheißer und ich Eva und Mason abgeholt. Ja, ich bin tatsächlich Vater eines kleinen Jungen geworden und wenn mir noch vor sechs Jahren jemand gesagt hätte, dass ich einmal der glücklichste Familienvater der Welt sein würde, ich hätte ihn höhnisch ausgelacht. Ich weiß, das hört sich schnulzig an, aber was soll ich machen? Ich empfinde es nun einmal so.

Gerade im Flur angekommen, will ich die Taschen vor der Treppe in das Untergeschoss abstellen, trete auf etwas und komme ins Stolpern. Verdammte Scheiße! Reflexartig blicke ich zu Eva, die mich sardonisch angrinst, aber ihre Schuhe noch immer trägt.

»SOPHIA!«

»Tut mir leid, Papa.«

»Sag nicht immer, dass es dir leidtut, wenn es nicht so ist.«

»Okay, du hast recht. Es tut mir nicht leid.«

ENDE

DANKE

An erster Stelle möchte ich mich bei meinen Lesern bedanken. Ohne eure Unterstützung und die mutmachenden Worte hätte ich mich nie getraut, weiterzumachen. Worte können unmöglich ausdrücken, welche Dankbarkeit ich für euch empfinde.

Ein ganz großes Dankeschön geht an:

Susan Liliales, Conny, Jasmin und Marie. Dafür, dass ihr mich in euren heiligen Kreis des Vertrauens aufgenommen habt. :-)

Marina, was soll ich sagen? Du weißt inzwischen, wie wichtig mir deine Meinung ist, und das wird sich wohl auch nicht mehr ändern.

Danke, Kathrin, für deine lieben Worte und dass wir den gleichen Humor teilen.

Susanne, für deine ehrliche Kritik. Ich freue mich unsagbar, dich gefunden zu haben.

Danke auch an June Herald, dass du meine Logikfehler aufgedeckt hast und dabei noch so witzig bist.

Danke euch, dass ihr mich immer wieder aufbaut, wenn ich vor lauter Verzweiflung alles hinschmeißen will.

Und last but not least meinen Freunden und Familie. Für euer Verständnis, wenn ich geistig nicht immer anwesend bin oder ich mal wieder fünf, statt wie versprochen nur eine Stunde im Büro verschwunden bin.

INHALTSVERZEICHNIS

BEREITS ERSCHIENEN:

Dark side of trust – Im Schatten der Lust

Isabell ist Shoppingberaterin und an der Männerwelt nicht sonderlich interessiert. Bis sie auf einer Hoteleröffnung auf den charismatischen Investor Tycoon Aiden Stone trifft.

Sofort voneinander fasziniert, kommen sich die beiden schnell näher und es entfacht eine Leidenschaft, von der sie nicht einmal zu träumen gewagt hätten.

Doch Aiden hat Geheimnisse, die es ihm scheinbar unmöglich machen eine Beziehung zu führen.

Gelingt es Isabell Aiden aus der Dunkelheit zu ziehen, die seine Vergangenheit immer wieder heraufbeschwört?

Und kann Liebe wirklich alles aushalten?

15678784R00141

Printed in Poland
by Amazon Fulfillment
Poland Sp. z o.o., Wrocław